Hemil García Linares
Sesenta días para abandonar el país
Primera edición (agotada), junio 2011 con el auspicio de la *Embassy of Spain* en Washington DC.
©Hemil García Linares
©Vagón Azul Editores
Segunda edición, diciembre 2018
©Hemil García Linares
©Editorial Raíces latinas.
Contactar a la editorial:
raíceslatinas@verizon.net
editorialraiceslatinas@gmail.com
Blog: http://raiceslatinasva.blogspot.com
Contactar al autor:
hemilgl@verizon.net
www.hemilgarcia.com

I0548252

Diseño de portada Sebastián Sifuentes Rojas
ISBN 978-0-9600795-0-6
Fotografía de autor: @Renouf Photography

Sesenta días para abandonar el país

A Kathya y Miranda,
mis ojos, mi inspiración, mis cómplices.
A Fabiola, por iluminar mis días.
A mis padres y mi hermano, cercanos en la distancia.
A los que han emigrado.

Sesenta días para abandonar el país

Hemil García Linares

@Editorial Raíces Latinas
@Hemil García Linares

Sesenta días para abandonar el país

Y la vida solo es esto, la niebla. La vida as una nebulosa.

Miguel de Unamuno y Jugo.

Hazla dueña de tu corazón, de tu bolsa, de tu despensa,
de tu cocina y de tus resoluciones.
Busca una mujer de gobierno que separa querer…y gobernarte.

Miguel de Unamuno y Jugo

Los que sueñan de día son conscientes de mucha
cosas que escapan a
los que sueñan solo de noche

Edgard Allan Poe

Dios existe, pero a veces duerme:
Sus pesadillas son nuestra existencia

Ernesto Sabato

Aquel que viaje, debe viajar ligero

Antoine de Saint-Exupery

Acuérdate de llevar una mente tranquila en la
adversidad, y en la buena fortuna,
abstente de una alegría ostentosa,
Delio, pues tienes que morir.

Horacio

Sesenta días para abandonar el país

Acercarse al mundo narrativo de Hemil García es dejarse llevar por los hilos de una trama que va absorbiendo línea a línea a medida que transcurren las circunstancias vitales de los personajes. Sus lectores, o bien se identifican con aquellos personajes de los cuales conoce directamente muchas de sus circunstancias porque las ha experimentado, las ha escuchado o las ha presenciado, o bien esos lectores se sorprenden y conmueven frente a personajes cuyas experiencias, angustias, luchas frustraciones y sueños les eran ajenos por lo desconocido.

Los temas que desarrolla Hemil en sus libros *Cuentos del norte, historias del sur* y en su primera novela Sesenta días para abandonar el país giran en torno a personajes que representan a personas comunes y por ello, verdaderas con sus inquietudes, indecisiones, incertidumbres, retos, riesgos, sueños, frustraciones, anhelos y amores.

Eugenia Muñoz Molano
PhD en Literatura Latinoamericana.
Virginia Commonwealth University

Sesenta días para abandonar el país

Lima gris (abril del 2001 (El día del vendedor)

"Tú eres parte fundamental del banco", "El cielo es el límite",
"Querer es poder". Los letreros alusivos a la excelencia en ventas
colgaban imponentes detrás del estrado principal: allí, los gerentes
conversaban en voz baja y se daban, con delicadeza, palmazos en los
hombros, mientras hacían bromas y se reían recatadamente, tal como
lo haría un príncipe o un presidente en un acto protocolar.

La mañana empezó tranquila y nos reunimos en el club de playa
del banco. Con buen gusto, la gerencia había acondicionado el
recinto para la magna ocasión. El sol brillaba intensamente y las
nubes grises, típicas de abril, estaban ausentes en una reunión en la
que por momentos sentía asfixiarme.

Al frente del estrado nos ubicábamos nosotros: los vendedores,
asistentes de ventas y supervisores. La mesa estaba surtida de cerveza,
whiskies y bocaditos de todo tipo: sándwiches de jamón y queso
(mixtos les decimos en el Perú), aceitunas, salsa de huancaína,
galletas, Coca Cola y la infaltable Inka Kola, la bebida de sabor
nacional.

Inicialmente, como era de esperarse, tomó la palabra el gerente
general del área de ventas, el jefe máximo, Natalio Orezzoli. Don
Natalio, cincuentón, bien plantado y con pinta de mafioso elegante,
se acercó a nuestra mesa y les dio una palmadita condescendiente a
algunos que lo trataban como si fuese el presidente de la República:
Señor gerente, ¿me regala su tarjeta? (¿para qué? me pregunto, ¿para
ponerla en un marco?). Señor gerente, ¿me puedo tomar una foto con
usted? (¿para mostrársela a quién? ¿Servirá la foto para ganar un
ascenso? O sólo para decir que el gerente es su amigo y bebió con él).

Don Natalio dio una charla donde resaltaba que la razón del
banco éramos nosotros: "el banco no es nada sin ustedes, señores
ejecutivos. Es más, yo también me siento un vendedor como
ustedes". Por ratos, no niego que sentí orgullo de ser vendedor, creo

que el pecho se me infló del mismo, pero también pudo ser la cerveza y los sándwiches mixtos que se acomodaban en mi panza. En el fondo deseaba confiar, quería creer que éramos parte importante del engranaje del banco, aunque después las dudas me asaltaban como siempre a traición y me ganara la rabia. ¿Por qué si somos la parte más importante todos andamos a pie y con las suelas de los zapatos gastadas? ¿Por qué nuestro sueldo no alcanza para todo el mes y los vendedores nunca ascendemos, sino que nos cambian de título a vendedores *seniors*, o, mejor dicho, dinosaurios obsoletos? Además, cuando nos crece la panza y nos salgan canas seremos despedidos.

Cuando el señor Orezolli terminó de hablar, los besa-culos de siempre se pararon como si el resorte de sus asientos les hubiese hincado en esas mismas cuatro letras (no menciono culo para evitar la redundancia y por educación). "Qué modesto es Don Natalio", "Bravo, señor Orezzoli", "el señor Orezzoli es campechano, es como uno", decían en la mesa. Purita hipocresía. Todo para que después Don Natalio se fuera orondo en su Volvo del año al Country Club a jugar golf. En su intervención, el hombre decretó que el oficio más antiguo del mundo no era la prostitución, sino las ventas, ya que desde el inicio de las culturas siempre hubo mercaderes que vendían o intercambiaban prendas, esencias, telas. Una cagada de discurso, pero todo el mundo lo felicitó. No hay nada que hacer: quien puede, puede; y el que no, sólo aplaude.

Aunque no entendí la analogía de Don Natalio tenía que sentirme orgulloso de mi antiquísimo trabajo. Si un día me topara con una prostituta en la calle debería aclararle que mi oficio es más antiguo que el suyo y sacarle la lengua. Quizás la prostituta me lanzaría un carterazo, por cojudo. Pero no importaría. Yo ya habría dejado aclarado que mi oficio era de más larga data y de rancia estirpe.

Al discurso del jefe máximo le siguió el de Rodrigo, el Jefe de Ventas, que siempre nos "aprieta" cuando las ventas no caminan. Vaya que se pulió hablando con términos en inglés que, creo, sólo él entendía. Al final de su insufrible diarrea verbal pidió tres hurras por el día del vendedor y nosotros achispados por el alcohol gritamos por nuestra jefatura: "Miraflores, Miraflores" y las otras mesas no se quedaron atrás: "San Isidro", "Callao", "Lima". Alguien del sector de San Isidro sacó una matraca e hizo una bulla ensordecedora.

Sesenta días para abandonar el país

Los gerentes sonreían celebrando el espíritu deportivo y de camaradería de los ejecutivos. Algunos discretamente hablaban con sus secretarias. Era un secreto a voz en cuello que algunas secretarias y jefes se entendían ya saben cómo; las miradas "disimuladas" eran notorias. También eran notorias algunas marcas en el cuello de las secretarias, aunque ellas intentaran cubrirlas, pese al calor, con llamativas pañoletas.

Las demás mesas hacían un ruido bullicioso y yo seguía pegado a mi asiento, pero ya era hora de decir algo. Me había ofrecido a hacer de barrista de Miraflores. "Gerardo, empieza pues, huevón", me dijo José, nuestro supervisor. "Vamos, loco", dijo Perla. Dorita, Pipo, Chelita y los demás me animaron también.

Las caras bronceadas de los gerentes resaltaban, sus dientes blancos y perfectos parecían mostrarse más alegres y relucientes que nunca, pero yo continuaba petrificado con pies de plomo. "Loquito, ¡vamos!", dijo Dorita, y supe que tendría que enfrentarme a esa timidez que he logrado ocultar toda mi vida. Tomé un trago de cerveza y, tras limpiarme la boca con el brazo para parecer un bravo, me subí a la silla dispuesto a entonar los cánticos que habíamos ensayado:

Entonces grité la consigna: "Todos somos vendedores". "¡Y somos de Miraflores!", respondió mi grupo. "Estoy listo pa' la acción", dije engrosando la voz. "Haciendo mi prospección", contestaron mis amigos. "En ventas nadie me para", vociferé. "Aunque la vida sea cara", gritaron mis amigos. "Miraflores está ganando", dije, haciendo la V de la victoria con la mano izquierda. "Los demás se están picando". "¡Miraflores está presente!", grité con todas mis fuerzas. "Ay, qué rico que se siente", corearon mis amigos.

Los gerentes miraron a nuestro grupo y vi a algunos mover sus cabezas señorialmente con signos de aprobación.

Me senté y prendí un cigarro. Pipo y los demás me alcanzaron una cerveza. Nos preparábamos para el número final. Todas las jefaturas debíamos presentar un *sketch* humorístico y los de Miraflores habíamos practicado bastante. Costó mucho convencer a las personas para que hicieran su papel, pero luego todos se fueron involucrando, trayendo ropas y uniformes. Nosotros no teníamos ni voz ni voto en la oficina y por eso se me ocurrió escribir una parodia del banco: un guachimán (que en peruano significa vigilante y viene de *watchman)* solicitaba un préstamo a un banco y una tarjeta de crédito. El banco no quería dar su aprobación porque no tenía el "perfil" requerido del cliente: buenos ingresos, vivir en zona residencial y contar con un patrimonio.

Al principio, el problema fue que nadie quería hacer de vigilante, un rol crucial en el *sketch*; las excusas eran ridículas, del tipo: "es que yo no tengo la cara de guachimán", "el uniforme no me queda, ¿ves?", o "yo soy blanco, tienen que escoger a alguien con cara de cholo". Finalmente, el escollo fue superado, ya teníamos al hombre, pero era un secreto de estado y no revelaríamos su identidad.

Como entremés a la actuación de fondo pusimos música chicha y en ese momento el vigilante hizo su ingreso, despertando una risotada general. Tenía lentes oscuros, gorra, y bajo el uniforme era irreconocible. Llegó balanceándose vara en mano y amenazaba con golpear a la gente. Todos se preguntaban quién era, sin poder reconocerlo, hasta que el guachimán "raspó" con la vara el suelo del auditorio tal como lo hacen los delincuentes con sus cuchillos o machetes, y los lentes se le cayeron.

"Es Gerardo. Este loco de m…", escuché que comentaban en una mesa contigua a la nuestra. Como nadie se animaba y yo tenía un interés especial en el sketch que era una sátira del banco, decidí asumir ese papel.

En el *sketch,* Perla, Dorita, y Chelita eran ejecutivas de banco que se resistían a atender al guachimán porque no era rubio ni adinerado. Pipo era un empleado que trataba como a una zapatilla vieja al vigilante, es decir a mí: "Oiga, vaya usted a cuidar mi auto", yo le decía, "yo no trabajo aquí. Soy un cliente y a mí me trata de usted". Las ejecutivas y el empleado se reían de mi vestimenta con un gesto de asco: "Señor, no es que quiera desanimarlo. El banco demora mucho en aprobar un préstamo y piden ingresos muy altos. Mejor, ¿por qué no le dice a su jefe que le preste un dinerito?

Me fui triste y me escondí detrás de un biombo. En apenas dos minutos mientras los del banco me trataban de cholo, de indio insolente, regresé, aunque esta vez vestido con un terno negro, portando lentes oscuros, un reloj grande en la mano y un maletín de cuero. Cuando dije que trabajaba en una compañía de inversiones y que era jefe, las mismas ejecutivas que maltrataron al guachimán me dijeron que en veinticuatro horas me aprobarían cualquier trámite. "A sola firma". ¿Y usted es jefe de personal o jefe de marketing?, me preguntó Perla, muy zalamera y coqueta. Me quité los lentes y respondí: "Yo soy jefe, pero de limpieza; par de alcahuetas y arribistas igual que sus gerentes…" y me puse a bailar chicha de nuevo. En ese instante, todas las ejecutivas y Pipo me persiguieron, pero logré escaparme entre aplausos y la risa disforzada de más de un gerente.

Al final de la tarde el voto fue unánime. Miraflores ganó tanto en los cánticos como en las barras y en el *sketch*. Un diploma y un whisky. No habíamos ganado nada en realidad, sin embargo, igual lo celebramos hasta entrada la noche a la usanza peruana, como cuando le empatamos a Argentina o Brasil de local.

Horas más tarde salimos rumbo a la avenida Carnaval y Moreira para ir a una discoteca que quedaba junto al Casino Real en la avenida República de Panamá. Los vendedores hicimos reconocimiento del terreno cual tropa militar: ver los precios y si había chicas para bailar.

Entramos y nos pusimos a bailar en grupo. Me fui a la barra y pedí una cerveza. La chica que atendía tenía los cabellos sujetados en dos colitas como una joven Cherokee de películas Western. "Me gusta tu *look*", dije, tratando de hacer conversación, la *bartender* ensayó una sonrisa cansada. Bebí la cerveza a prisa. Al lado, los vendedores bebían bailando al ritmo de *Pet Shop Boys. You are always on my mind* sonaba en los amplificadores. Nuestro grupo, cigarros y botellas de cerveza en mano, también bailaba eufórico. Dora se acercó. "¿Estás bien?", preguntó y me encogí de hombros. Este era mi cuarto año de vendedor y acabamos en la misma patética celebración: piezas de teatro o reuniones y año tras año la cháchara de siempre. El dinero no me alcanza y eso jode. No quiero pudrirme en dinero, sólo deseo poder sentarme en un lugar sin sudar por el precio o la risa burlona de los que atienden.

Dora preguntó si tenía un plan de emergencia: cambiar de trabajo o alguna otra propuesta. Y yo callado; he pensado que podría irme del país a tentar suerte, pero no tengo ni el pasaporte. La idea me está rondando la cabeza. Quiero llamar a Ernesto, mi primo que vive en Estados Unidos. Aunque no hoy ni mañana. Hoy quiero estar ebrio y mañana tener una merecida resaca de vendedor.

Dora se fue al baño y me quedé solo en la barra con la chica de las dos colitas. Se llamaba Sandra. "Soy Gerardo", dije con una voz gruesa; me acerqué y le di un beso en la mejilla. Me dijo que vive con una hermana mayor y tiene un enamorado con el cual vuelve y termina. Trabaja en las noches y estudia hotelería de día. Está juntando plata y quiere buscar trabajo en un crucero. Mi novia se llama Karla, le contesté y después le dije que trabajaba en un banco y que me gustaría conocer el extranjero. Cuando me preguntó si me gustaba mi trabajo apenas hice una mueca. Sandra cambió el tema, y como su turno de trabajo estaba por terminar, le pagué la cerveza y ella me puso otra en la barra. Saqué, afligido, mi último billete. "Esta es cortesía de la casa", dijo ella devolviéndome el billete. "¿Por qué me invitas?" pregunté y me respondió con un beso en la mejilla: "Para que no estés tan callado con cara de tonto. Vuelve otro día para hablar". Se fue sonriendo, pero no pude descifrar que pensaba. Ahora la música electrónica de *Erasure* retumbaba. Dora regresó y me conminó a bailar. "Ya déjate de cojudeces y a mover el esqueleto". Quizás Dora esté en lo cierto. Afuera, imagino, el tráfico se disipa y los autos se ocultan en cocheras, casas, y terrenos baldíos que fungen de cochera. En otro tiempo los autos se estacionaban tranquilamente en la calle. Ese tiempo ya murió. Hoy, auto que duerme afuera, es desmantelado.

Sesenta días para abandonar el país

Sesenta días a contrarreloj (dos meses después)
Día 60

Cuando Ernesto colgó el teléfono me quedé suspendido en el éter y supe que ya no daría marcha atrás. Yo mismo busqué esto y estuve indagando, llamando, pidiendo por teléfono, por email, si era posible que me recibieran allá (por un tiempo corto nomás) y finalmente hoy recibí la respuesta después de meses. Ahora sólo queda dar el paso definitivo. Jode esto de agachar un poco la cabeza y pedir con humildad un favor; tantas veces juré y lo dije frente a otros, que jamás haría esto, pero la decisión está tomada. Lo mejor quizás sea irme porque no quiero terminar mi vida haciendo taxi, la ocupación obligatoria de todos los despedidos en el Perú. Primero, no tengo auto; y segundo, ni siquiera sé manejar bien. Por si fuera poco, tengo como fuente de ingreso la segunda ocupación más popular de quien no encuentra un buen trabajo: vendedor de a pie. Soy un vendedor que recorre la ciudad tal como lo haría un payaso en los micros o un vendedor de caramelos. Un vendedor de ilusiones, un vendedor de préstamos financieros, "dizque" para mejorar la calidad de vida de la gente.

He decidido irme del país y no hablo de vacacionar. Hablo de renunciar a mi trabajo, cobrar mi liquidación, pagar las tarjetas de crédito (cancelarlas). Es decir, patear el tablero. ¡Qué hablo de patearlo!, hablo de tirarlo contra el suelo una y otra vez hasta que se rompa y convertirlo en astillas.

Mi primo Ernesto me lo confirmó hoy, "Ya te conseguí trabajo de asistente de gerencia. Apúrate y presenta tu carta de renuncia. Tienes que venir en menos de sesenta días. Por esa fecha estaré de vacaciones y así sacamos tu licencia de conducir. Vamos a ir a New York, también para ver a la familia. Te dejo cholito, tengo que volver al trabajo. ¿Qué dices? ¿Si puedes estudiar aquí sin problemas? Claro, yo te ayudo a matricularte. No hay problema".

Antes lancé críticas a los que se fueron a limpiar letrinas; ahora mi escupitajo me caerá en la cara. Mi primo me lo dijo de golpe, un golpe como los que se dan los borrachos en los postes: tengo sesenta días para viajar. Me suena a que tengo que irme por la puerta falsa, que me acobardé y ya no quiero luchar, que tengo miedo de no hacerla en mi país, que he perdido la fe y que la llamada de Ernesto - bien intencionado y con ganas de ayudarme- ha sido para mí un

Sesenta días para abandonar el país

ultimátum: los días en mi país se acaban y –aunque suene duro decirlo– como si fuese yo un vulgar criminal tengo sesenta días para abandonar el país.

Hoy quise ubicar a Karla y contárselo, pero ella estaba fuera de Lima por trabajo y se había olvidado el celular y no volvería hasta pasada la media noche.

Día 59

Cuando se lo dije, ella quería llorar. "Esto es por los dos, mi amor", la animé. Quise decirle: "Te necesito", pero ella estaba en el trabajo. La angustia de estar lejos de todo y de todos penetra en mi cerebro porque aquí en el Perú (en Lima) me siento –aunque agobiado por la crisis– seguro de sus calles, de la gente. Es decir, yo no me voy de Lima porque soy un alienado que habla mierda de su país y se quiere ir sin siquiera haber intentado. He intentado. He practicado gratis en varias empresas pagando yo mismo mis refrigerios y pasajes. Fui reportero deportivo, vendedor de libros, cursos de inglés y de los primeros celulares que eran del tamaño de un ladrillo.

A mí no me disgusta mi país. Claro, hay cosas que odio y otras que disfruto intensamente como caminar por Miraflores o Barranco de madrugada, ver un partido Cristal-U, ir a la playa a nadar, tomar una cerveza al atardecer, ver cómo el sol se torna naranja-violáceo en el verano mientras se oculta en el mar. Lima es a veces una ciudad nostálgica, caótica y gris, pero es mi ciudad y puedo recorrerla a ciegas.

Hoy le dije a Karla que me iba a ir a Estados Unidos y le mentí: "Estoy tranquilo, no te preocupes".

Día 58

Apenas tres días y ya me arrepentí; bueno, por una o dos horas me armé de valor para hablar con mi jefe. Anoche me desperté de madrugada temblando y pensé en otra opción: trasladarme de puesto en el banco. Tengo cuatro años trabajando como vendedor y me va relativamente bien. A veces obtengo buenas comisiones si vendo varias tarjetas de crédito. Pero allí justamente radica el problema: si no vendo nada, el sueldo es ínfimo. Lo que en verdad me agobia es el hecho de que, cada tres meses, los de ventas nos la jugamos porque nos miden por resultados. Tres meses sin vender un mínimo de doce productos bancarios es determinante para que te corten el cuello.

Sesenta días para abandonar el país

Esto no es como en el fútbol peruano donde te siguen haciendo homenajes por haber metido goles en los 70. En el banco, si no vendes te echan a la calle y ya fuiste.

Se me ocurrió hoy hablar con José, mi jefe, porque tenemos una buena relación laboral. Sabe que estoy preparado. Soy comunicador egresado, hablo inglés, sé usar una computadora. El año pasado gasté una pequeña fortuna y estudié un programa de banca y finanzas. Antes de irme a vender le pedí a José unos minutos y me dijo que esperara que Rodrigo, su jefe, se fuera. Los minutos se estiraron como las arrugas de una vieja con cirugía al escuchar la charla del tal Rodrigo. Mientras nos decía que para poder vender se debía utilizar el *know how*, yo miraba el reloj y pensaba: ¿A qué puta hora se va? Pero él no se fue. Media hora de monólogo de mierda, sandeces que a su modo de ver podían convertirnos en millonarios. Según él, nuestro banco tenía un diverso *mix* de productos y si poníamos al *input* correcto usando el *prospecting* adecuado obtendríamos un buen *feedback*, y así podríamos triunfar porque en el banco usábamos métodos modernos de *merchandising, scoring y marketing* para darles a los clientes un trato VIP (*very important people* o putos, me da igual). Yo miraba el reloj y Rodrigo continuaba arrancando bostezos a la gente que disimulaba tapándose la cara. Al concluir aplaudimos y yo pensando: *imbécil de mierda por qué no sales a vender con nosotros, a ver si es tan fácil como lo pintas.* Yo estaba seguro de que, hablando así, con esos términos anglosajones, los comerciantes criollos y provincianos se orinarían de risa en nuestra cara. Me hubiera gustado usar mi florido léxico inglés en sólo dos palabras dirigidas a Rodrigo: *Fuck You.* Cuando no, un besa-culo se paró y mientras aplaudía dijo: "qué buena charla, Don Rodrigo. Usted y Don Natalio son como unos padres para nosotros." Eso sí, no aclaró, si éramos hijos legítimos, ilegítimos o en estado de abandono.

Cuando todos se fueron me acerqué a la oficina de José. "Pasa, cholito", me dijo mi él cuando lo abordé. Mi ojo izquierdo latía. "José, necesito transferirme", le dije y le expliqué de inmediato los motivos: deseaba casarme, comprarme un departamento y tener un trabajo más seguro. Qué imbécil habré sonado. José sonrió: "Pero no ganas mal, cholito. Sé que aquí no se gana mucho, pero se goza". Argüí que yo buscaba estabilidad y para eso había estudiado banca. José me dijo que le encantaría ayudarme, pero me explicó que los ascensos los realizan sólo los gerentes y él era apenas supervisor. Disimuladamente metí mis manos húmedas en los bolsillos del pantalón y respiré hondo. Contemplé sus medallas y placas por su excelencia en ventas, que tampoco le habían servido a él para ascender. Reformulé mis ideas para buscar alternativas y le pregunté: "José, ¿qué necesito para poder transferirme y dejar el área de ventas?". Me miró y con honestidad frontal-brutal- mortal, me dijo: "Gerardo, necesitas un buen padrino en el banco. Sólo eso, un padrino de peso".

Día 57

El viejo habló conmigo en la tarde y me preguntó si estaba seguro de lo que iba a hacer. "Si te esperas unos seis meses podemos ver un departamento pequeño. Puedo ayudarte con la inicial. No tienes que pagarme. Te lo doy como regalo de bodas". Le dije que quizás estaba desesperado por irme y podía estar equivocado, pero creo que a mis veintisiete estoy muy grandecito para recibir un regalo como ése. En el fondo no quiero este tipo de asistencialismo por el hijo que no ha logrado despegar. Qué diferencia con mi hermano, apenas cuatro años mayor. Es un excelente contador, a quien le está yendo muy bien —me alegro mucho por él pues ya tiene un departamento propio y piensa casarse el próximo año.

Hoy, después de trabajar, llegué a casa sin alternativas y muchas interrogantes. En mi cuarto se acumularon las cosas que Karla y yo compramos. Inicialmente acordamos mudarnos a fines de julio, pero hace tres meses cobró fuerza la idea del viaje y se complicaron nuestros planes. Ella es asistente de producción en un canal de televisión que no paga sus deudas, aunque el dueño, un señor "bien" de apellido extranjero diga lo contrario por la pantalla con voz de *Il Padrino*. Al principio, a Karla le pagaban puntualmente y su sueldo era casi el doble que el mío. En enero compramos una cama, una licuadora, un equipo estéreo, unas lámparas y un televisor, entre otras cosas. Pero ahora estamos cubriendo deudas con parte de mi sueldo y es obvio que andamos ahorcados. En otras épocas, cuando yo no tenía ni para el pasaje ella me invitaba al cine, a comer y hasta una vez pagó un pequeño viaje a una playa en el norte.

Todo que Karla y yo compramos está empaquetado cuidadosamente. Si la situación sigue como hasta hoy jamás abriremos las envolturas y a vender todo a mitad de precio. Además, hemos perdido cuatrocientos dólares del depósito de un departamento que pensábamos alquilar. Hace dos meses separamos el "depa" ubicado en Miraflores, entre Shell y Diagonal. Aquella vez, a Karla le debían un mes de trabajo, así que no había ningún problema mayor. Las cosas empeoraron y tuvimos que hablarle a la señora Díaz-Cassiano para cancelar el contrato de arrendamiento. La señora me recibió en la puerta de su departamento, recelosa me escrutaba con sus ojos verdes grisáceos. "Por favor, necesito que nos devuelva el depósito que le dejamos". Si a Karla no le pagaban puntualmente, íbamos a incumplir con la renta y no queríamos hacer eso. Pero la señora Díaz-Cassiano me interrumpió, "Jovencito, no me venga con cuentos. Su noviecita se ve que es bien pretenciosa y naricita alzada, seguro que no le ha gustado del todo el departamento. Pero yo no me voy a perjudicar. Usted dijo que se iba a mudar y ya le dije *que no* a otra pareja muy decente y más seria que usted y su novia. Lo lamento, pero no le voy a devolver ni un centavo".

Intenté protestar y sentí un ligero viento. La señora Díaz-Cassiano me había tirado la puerta en la cara.

Día 56

Hoy tuve una tarde de perros. La semana estuvo baja en ventas, por lo cual me alegré cuando me llamó una clienta que tiene un negocio en la zona norte de Lima. Honestamente, esa parte de Lima no la conozco muy bien. Y no es que me haga el snob porque en Lima hay gente que le apestan ciertos lugares; yo realmente no conozco el cono norte. En cambio, conozco barrios populares del Callao y del cono sur como San Juan o Villa El Salvador. Mis clientes son mayormente personas que laboran en las zonas de San Isidro, Miraflores, Surco y toda la zona sur, porque mi oficina central queda en Miraflores y nuestro equipo de ventas trabaja en esa área. Puedo ir a la zona norte si alguien de ese lugar específicamente me lo solicita. Estamos "zonificados" e ir fuera de tu zona sin que te haya llamado un cliente o ir a intentar ventas en frío te puede convertir en un roba-clientes o en un "pirata".

La señora que me llamó era Zoila Huamán, recomendada por un antiguo cliente mío. Necesitaba una tarjeta de crédito y cinco mil dólares para reinvertirlos en su negocio: una pequeña distribuidora de productos de belleza y artículos de limpieza. Fui hasta su barrio llamado Fiori y al terminar el contrato la señora Huamán me invitó, creo con exceso de gentileza, a cenar. Le agradecí arguyendo que no era necesaria tanta gentileza, pero la señora insistió: "vamos a comer un chifita, ¿no va a desairar a una dama?". Y como el cliente siempre tiene la razón, no pude negarme. La pasé bien, aunque de rato en rato miraba disimuladamente la hora porque mi jefe me había advertido que después de las cinco el tráfico en la Panamericana Norte era cosa seria.

Al terminar de comer la señora Huamán y yo caminamos unas cuadras por la Panamericana Norte. Los carros y buses se atascaban como si se enfrascaran en una lucha inútil por ver quién avanzaba primero, los cobradores gritaban, insultándose entre ellos, casi a empujones metían a los pasajeros en los buses. Los pasajeros subían, quizás al bus equivocado, por inercia. Era de noche cuando nos despedimos. Antes de irme me prometió presentarme a su hija. "Es soltera y bien parecida". Le dije que volvería en unas semanas. Caminé hasta que en una calle angosta me detuve de golpe porque una horda de hinchas se dirigía al Estadio Nacional. Decidí cortar camino por un pasaje. Avancé a prisa y noté que algunas personas me miraban de reojo porque sabían que no era del barrio.

En la esquina, un perro vago de pelaje plomizo y desteñido husmeaba alrededor. No era muy grande, pero, como casi todos los perros de la ciudad, no tenía bozal ni dueño a la vista. Le pregunté a un chiquillo: "¿Ese perro muerde?". "No", me dijo el chiquillo riéndose, "sólo cuando ve extraños". Esquivé al perro con tranquilidad y cuando me alejaba escuché gritos, balazos y vidrios que se rompían. No me hacía falta verlo: dos barras rivales se habían encontrado y en el tumulto el perro me atacó. Corrí tan rápido como pude, pero el perro me alcanzó y me mordió el pantalón. Intenté patear al animal y mi celular empezó a sonar mientras el perro ladraba más y más fuerte. En mi desesperación cogí una piedra y se la tiré. Chilló un rato, pero siguió ladrando hasta que el chiquillo, riéndose, llamó al perro.

Contesté mi celular cuando estuve fuera de peligro, era Karla. "¿Cómo estás amor?". Miré la basta del pantalón rota y le dije que me había atacado un perro, pero la señal se entrecortaba y ella repetía, "¿Amor? ¿Estás allí? ¿Amor? Sólo oigo el ladrido de un perro".

Día 55

Sesenta días para abandonar el país

He tocado la puerta de la señora Díaz-Cassiano varias veces, pero nunca me abre. Sé que está en su casa porque es jubilada. Siento su respiración y sus pasos cansinos que trata de ocultar. Más de una vez he visto una sombra silenciosa bajo la puerta. Esta tarde me animé a decirle, "Señora Díaz-Cassiano, ábrame por favor". Me contestó el eco del edificio.

Acudí a la notaria para redactar una carta notarial y se la dejé a la señora Díaz-Cassiano por debajo de la puerta. Le pedía educadamente que nos devuelva nuestro dinero. Nada más. Por último, "quédese con el cincuenta por ciento, si realmente cree que la hemos perjudicado"

La llamé esta tarde. El teléfono timbró, como cien veces. Estaba por tirar el teléfono y alguien contestó, pero no escuché ninguna voz del otro lado del auricular. "Señora, yo entiendo que usted quería que me mudara, pero no estoy ya en condiciones de hacerlo. Le ruego, necesito mi dinero, por lo menos devuélvame la mitad. ¿Recibió mi carta notarial?". Ella respiraba al lado del teléfono y tamborileaba el auricular. "¿Señora Díaz-Cassiano?". "Estoy aquí", dijo. "Cómo se nota que ya no hay gente decente. ¡Amenazar a una pobre anciana indefensa! Encima me atormenta con meterme lío con un abogado". Le quise explicar que yo no quería hacerle juicio, sino llegar a un acuerdo por consejo de mi abogado —en verdad, no tenía ninguno—. "Oiga jovencito insolente, sepa usted que yo también tengo abogados en mi familia y de renombre. Así que, si quiere guerra, guerra va a tener. Váyase a la mismísima. Igualado". Y luego del *tu-tu-tu* me di cuenta de que me había colgado.

Prendí el televisor y abrí ligeramente la ventana de mi cuarto para fumar un cigarrillo. El comercial de una tarjeta de crédito me dice que puedo viajar al Caribe y gozar de unos días inolvidables: "Usted y ella merecen lo mejor". Enciendo el cigarrillo y aspiro profundamente. Exhalo el humo con lentitud y hago argollitas que expulso como proyectiles furiosos contra la pantalla. Otro comercial: aparece un auto avanzando en pleno desierto y Bob Seger canta *still the same;* es un auto japonés o coreano quizás, igual no me importa porque no me alcanza para comprar uno. El auto se esfuma llevándose la canción. Ahora el banco para el cual trabajo me exhorta a comprar el departamento soñado y ofrecen facilidades de financiamiento. "El momento es ahora", me exige ahora una voz en off, pero yo siento que ya es tarde y que ya no es el momento; me pregunto si quizás todo sea mi culpa por no haber prestado atención al comercial a tiempo.

Día 54

Siento que me ahogo en casa y aunque mi viejita me diga que todo está bien, sé que no es así. A veces me cuesta entender (se lo dije) cómo una madre siempre cree en su hijo, sobre en todo en mí que tantas veces he fallado. Ella me dice que una madre es capaz de arrastrarse por un hijo hasta cualquier arrabal y hasta la misma cárcel. "Y tú no eres ni delincuente ni de arrabal, sólo una persona muy impaciente".

De cien personas de mi edad, al menos ochenta viven con sus padres. Es algo que yo ya no acepto. No puedo más con eso de estar en casa de mi madre para juntar *platita* y después irme a vivir al tercer piso y construir un *departamentito* que nunca será realmente mío. "Eres muy impaciente", repitió mamá. "las cosas se consiguen poco a poco". "¿Poco a poco, vieja? Tengo veintisiete años, estoy harto de esperar".

Día 53

Esta noche salimos con Karla, su amiga Patty y su novio, ambos son *Nisei* (hijos de japoneses). Nos divertimos bailando y tomando cerveza en una *disco* de Miraflores. Solamente tenía para comprar dos jarras de cerveza y una cajetilla de cigarros. En Lima, cuando uno va a bailar, se toma como mínimo hasta las cuatro de la madrugada y era apenas la una, y yo ya no tenía *balas* (dinero) para disparar. Karla compró más cigarrillos y pidió una última jarra, pero Eddy dijo que, de ninguna manera, él invitaba. Empezó a comprar jarra tras jarra y yo iba a sacar la tarjeta de crédito, cuando él me dijo: "No te preocupes". Debo reconocer que me sentí corto al inicio, pero el novio de Patty insistió alegando que no era ningún problema. Karla ya me había dicho que ellos eran gastadores, pero recontra sencillos. No eran ni arrogantes ni alardeaban del dinero, eso sí, se mataban de risa bailando, tomando, fumando un cigarrillo tras otro sin parar. Nos fuimos después de las tres y quedamos en vernos pronto. Salimos de la *disco*, que quedaba en un edificio de la avenida Ricardo Palma, para tomar un taxi hacia la casa de Karla.

Después de dejarla, tomé un bus para Miraflores y de allí caminé por la avenida Arequipa hasta el cruce con Angamos que lucía huérfana de gente. Me gusta recorrer la ciudad vacía pues así sin gente sólo siento mi ausencia y no veo esas caras desesperadas de los lunes cuando interminables filas de jóvenes apostados en las esquinas esperan por una entrevista de trabajo. Fumé un cigarrillo y de suerte pude atrapar el último colectivo de la madrugada.

Día 52

Fui a la agencia de viajes a averiguar lo del pasaje. Me atendió una antigua cliente mía, Marisol Tavera, la administradora. Me presentó a Marite, su asistente. Cuando dije, "Quiero ir de vacaciones a Estados Unidos, a Virginia", ella movió la cara como diciendo "ahora cuéntame una de vaqueros". "¿Y ya tienes la visa?", me pregunto con un amago de sonrisa y le dije que no. Marite se contuvo para no reírse y buscó información en la computadora. Era guapa y muy joven (quizás apenas de veintiuno). Sus hombros firmes y su postura me indicaban que hacía deporte. Se veía voluptuosa y su cuello terminaba en un rostro algo ovalado como el de un perrito *Cocker Spaniel* adornado de ojos color miel. La arrogancia se le salía por los ojos y actuaba como si fuese Miss Perú. Cuando se incorporó a recoger algo que había impreso le vi las piernas que eran macizas, labradas en un gimnasio o por el ballet quizás. Le miré las nalgas, pero ella volteó de improviso y me cogió desprevenido. Sentí mi cara enrojecer y ella sonrió como si adivinara mis pensamientos. Son astutas las mujeres; a veces nosotros nos creemos muy vivos, muy pendejos, cuando queremos conquistarlas. Pero ellas son tan sutiles que nos conquistan haciéndonos creer que somos nosotros los conquistadores. Saben darnos en nuestros egos de machos Alfa y estúpidos.

"Un pasaje a Virginia, ida y vuelta, son quinientos dólares. Incluido impuestos", me dijo. Haría una parada en Miami donde permanecería un día (hotel incluido) y de allí viajaría a Virginia. Me pareció una idea excelente pasar, aunque sea un día en Miami. Muy animado le pregunté cómo así me había conseguido tan buena oferta. Ella volvió a sonreír.

"De Miami te embarcas en un vuelo doméstico hacia Virginia. Como demoras dos días en llegar a tu destino el pasaje es más económico. En pocas palabras, te estoy dando el pasaje más *baratito* que tenemos". Intenté sonreír, pero apenas dije gracias. El énfasis en la palabra *baratito* me dio ganas de mandarla a la *granputa* y me fui.

Sesenta días para abandonar el país

Día 51

Un amigo de New Jersey regresó al barrio después de ocho años. Lo recibieron como a veterano de la guerra con Ecuador. Compró cervezas por decenas y cada broma que decía era celebrada por la gente que se reía falsamente. Conversamos un rato a pedido del público que estaba borracho. "A ver pe'. Hablen en inglés: *guan, tu, tri, oh yeah baby*". Qué bien habla el inglés Pacho que se fue a Estados Unidos a los diecinueve y hasta ha ido a una universidad estatal.

Pacho debe ser uno de los pocos amigos o conocidos que se fueron a Paterson y Atlantic City y no volvieron creyéndose gringo: "Por ahora soy barman, mesero. No gano mal, pero la vida en USA es trabajo y nada más".

Yo tenía curiosidad de saber cómo estaba la gente del barrio que se había ido a Paterson y Atlantic City. Es más, algunos regresan masticando el idioma. No importa de qué país vengan, siempre intercalan palabras extranjeras.

En cambio, tengo una amiga que regresó de Italia hace poco y su madre -que viajó a Italia por apenas seis meses- no deja de repetir "bambino", "caro", "amico" y no sé qué estupideces más. Dice mi viejita que vio a la vecina hablando "italiano" en el mercadito del barrio mientras compraba culantro, huacatay y papa amarilla.

"Pacho, cuenta de la gente que está en New Jersey, pues", dije, pero Pacho prefirió no decir nada del asunto. "Mejor que lo veas tú mismo". Le pregunté si es cierto que viven en cuartos que alquilan entre cuatro y que duermen de a dos en una cama, si es mentira que tienen autos nuevos y si se "levantan" gringas cada cinco minutos. "Mejor no me des cuerda. No me hagas hablar", me dijo Pacho. "Quiero pasarla bien con la *gentita* del barrio".

Día 50

Dora se ha convertido en mi mejor amiga del banco. Esta mañana desayunamos y fumamos unos cigarrillos. Le conté que ya no podía mudarme. Ella también pensaba mudarse, pero su hermana perdió el trabajo y ahora Dora es la que "para la olla" en casa. Según ella, debo esperar a ver si sale algo. Ambos estamos cansados de caminar con nuestros maletines recorriendo la gran Lima. Le comenté que el Banco Español estaba contratando personal y le di el dato de dónde podía dejar su currículo. "Ya pues, veremos dijo el ciego. ¿Quieres que te dé mi curri-culo?", me contestó y nos cagamos

Sesenta días para abandonar el país

de risa, después cada uno se fue por su lado para trabajar: "Suerte, pirata", susurró antes de subirse a una *combi*. "Adiós, pata de palo", contesté.

Las ventas han bajado. Menos mal que conseguí dos clientes esta tarde a quienes vendí una tarjeta dorada y un préstamo de diez mil dólares.

Mañana tengo que ir a migraciones.

Día 49

Todo el día haciendo trámites: renovando el pasaporte, tomándome fotos, llenando formularios, sacando el certificado de no tener antecedentes penales. Recorrí Breña y Miraflores.

Dora me dio su currículo. Hoy no pude ir al Banco Español, pero sé que mañana me atreveré. Tengo el nombre de un gerente que, dicen, está necesitando vendedores.

Día 48

Hoy hice algo arriesgado. Me puse mi mejor traje y corbata, lustré mis zapatos con esmero y me dirigí al Banco Español. Tenía los datos de algunas personas claves porque allí trabaja Claudia, una amiga con la que estudié banca y finanzas, quien me dio algunos nombres de conocidos con la condición de que no la mencione.

Caminé directo hasta la puerta de gerencia. Honestamente, creo que me veía muy bien, el porte me ayudó, ya que pasé la vigilancia y los guardianes me saludaron con una venia. "Buen día muchachos", respondí solemne como si fuese ejecutivo o administrador de una agencia. A una secretaria muy apuesta le regalé una agenda de nuestro banco, le dije que iba a ver al señor Morillas, un gerente de peso del Banco Español. "La competencia", comentó la secretaria sonriendo (al parecer le gustó la agenda). "Necesito hablar con el señor Morillas un minuto". Quizás era mi día de suerte porque me pidió que esperase. Le di mi tarjeta y en un minuto me anunció. "Un representante del Banco Italiano", dijo la secretaria. El señor Morillas me miró extrañado desde su oficina. Con una seña condescendiente me ofreció asiento y me preguntó en qué me podía ayudar. "Encantado, soy Gerardo Gómez, y vengo a ofrecerle una tarjeta de crédito dorada", dije alcanzándole mi tarjeta de presentación. Le dije que algunos empleados de su banco ya tenían la tarjeta (era cierto porque yo se las había vendido). El gerente sonrió celebrando mi osadía y me preguntó (pensando que ignoraba con quién hablaba).

"¿Sabes quién soy yo?". "Usted es el gerente de ventas a nivel nacional, señor Edwin Morillas Arias". Le expliqué al señor Morillas que yo era un ejecutivo que podía conversar con empleados y gerentes de alto nivel sin titubear y que lo quería conocer.

El señor Morillas me dio la mano y dijo que esa actitud emprendedora era la que un vendedor (ejecutivo dijo después, corrigiéndose) debía tener. "¿Quieres trabajar para mí?", me preguntó, entregándome su tarjeta. Se disculpó porque tenía reuniones y su agenda estaba recargada. "Déjame tu currículo con mi secretaria. Carmen Rosa, recibe el currículo del señor Gómez y lo envías a Recursos Humanos con mi visto bueno". El Señor Morillas me dio la mano y me invitó a salir.

Carmen era una morena de casi un metro ochenta y con ojos verde jade. "Pareces modelo", alcancé a decir tímidamente. "Estoy empezando en eso", contestó para mi sorpresa. Volvió a sonreír y me pidió mis documentos. Allí le dije con algo de bochorno que mi amiga Dora estaba buscando trabajo. "No te preocupes, dame los papeles de tu amiga también". Esta vez se veía más que hermosa. Inalcanzable como una perla detrás de una vitrina. Pensé que podría ser, fácil, Miss Perú. ¿Qué hacía ahí de secretaria?

Día 47

Hoy he visto a un inválido que iba en su silla de ruedas. A su lado, un niño de unos cinco años lo escuchaba con atención. Me sorprendió la autoridad con que él le decía que cruzara bien la calle, que mirara a ambos lados. ¡Aprender a cruzar avenidas a los cinco! Creo que nunca crucé una avenida sino hasta cumplidos los once.

El inválido y su niño pedían limosna en la esquina. Un auto lujoso se detuvo frente a la luz roja del semáforo, pero el conductor cerró la luna automática del auto. Ningún conductor le dio una moneda hasta que yo me fui. Creo que alguien de a pie le dio algo. Hurgué en mis bolsillos y tenía una sola moneda para el pasaje. Si se la daba tendría que caminar quince cuadras y me urgía ver a un cliente. Me fui sin darle nada.

Sesenta días para abandonar el país

Día 46

Hay días en que no sólo no tengo ganas de escribir, sino que no ocurre nada, como hoy.

Día 45

Me encontré con un compañero del colegio, el tuerto Álvarez. En un inicio no lo reconocí. Me llamaba desde la acera del frente (yo iba por la calle Shell rumbo al banco). "¡Gómez! ¡Gómez!", gritaba eufórico. Crucé la pista pensando que era un cliente. Mi desconcierto le indicó al tuerto que no sabía quién era. No todos mis clientes manejan un auto del año. Álvarez vestía con ropa exclusiva: camisa de seda, una casaca de cuero marrón y zapatos que, a todas luces, eran italianos. Su reloj de oro casi me ciega la vista y resaltaba en una mano bien cuidada, con *manicure,* me atrevería a decir.

"Gerardo, ¿No te acuerdas de mí? Soy el tuerto Álvarez". Lo miré bien, tenía la misma cicatriz en la parte superior de la ceja derecha, aunque no era tuerto. Todo fue una exageración y crueldad nuestra. Le gritábamos: Tuerto, Cíclope, Polifemo, Sólo un Ojo. No contentos con eso le tirábamos sopapos en la nuca y a veces hasta lo escupíamos.

Yo terminé la secundaria después de desfilar por varios colegios. Mi último año lo estudié en un colegio privado algo costoso, pero sin mayor renombre. El alumnado era en su mayoría estudiantes expulsados de colegios exclusivos de Lima. Mis padres me matricularon allí pensando que aprendería más que en el colegio estatal donde estudié por casi ocho años. Eso sí, allí aprendí cosas que nunca había hecho: usar cocaína, guardar las apariencias, alardear de tener caballos, exagerar sobre el dinero, y que no tener ropa de marca en ciertos lugares equivale a ser un *loser.*

El tuerto Álvarez me trató con afabilidad. ¿Le habría metido menos sopapos que otros? Ahora recuerdo que una vez lo defendí cuando le quisieron pegar entre tres, mientras alguien gritaba desde atrás, "ay mísero de mí, ay infelice" imitando la voz del profesor madrileño que nos enseñaba literatura.

"¿Ves a esos huevones del colegio? Si alguno anda misio que me busque y le doy chamba. Esta es mi tarjeta". La tarjeta era de una compañía de exportaciones e importaciones y debajo del nombre decía gerente general. Me pidió que lo llamara para salir con chicas y señaló el edificio del costado: "Me compré mi *depa.* Vivo solo.

Hacemos una orgi-fiesta cuando quieras. Yo pongo a las tramposas. Gómez, todo bien contigo". Me dijo Gómez (los alumnos nos llamábamos así, por el apellido) y fue imposible no recordar que los gerentes nos decían García, López, Castro, pero nosotros debíamos anteponer la palabra señor al dirigirnos a ellos.

El Tuerto Álvarez siempre tuvo plata, su papá era ingeniero y trabajaba en una transnacional. A veces lo llevaban a España o a Francia de vacaciones. Una vez me contó que estuvo en Bayonne, en una playa nudista y todo iba del carajo hasta que se le puso dura y lo miraron como a extraterrestre y se tuvo que ir.

Al ver al Tuerto Álvarez tan bien vestido fue inevitable no pensar si él veía cómo lucía yo. Miré mi traje del banco y mis zapatos empolvados por andar a pie.

Luego de un apretón de manos, el señor Álvarez se subió a su auto negro y se alejó. Álvarez, hubiera querido que te vieran esos imbéciles que te dieron tantos lapos, enrumbando hacia la avenida Larco, convertido en un bacán. La hiciste linda.

Día 44

En el estadio, Cristal jugaba por la Copa Libertadores contra Olimpia de Paraguay. Se ganó tres a dos en un partido intenso, pero este equipo no era ni la sombra del equipo del 97 que quedó subcampeón de la Copa Libertadores. Infaltable el papel picado en la tribuna y yo saltando como en los viejos tiempos. Me reencontré con algunos de los *patas* que éramos barristas, ahora les llaman (nos llaman) la Vieja Guardia. Ahí estaban Tanqueta, Paulito, Soldado, Tobi, Cabello de Ángel, Toti, Billy, Giovani. Pregunté por Teniente y su hermano Rael, Chino Hernando, Pepito -el que tocaba la corneta- Flaco Darwin, Boyle, Jefferson, Timbalero, Juan Pasco y el buen Loco Galindo. Esa noche me dijeron esa noche que el Loco Galindo había muerto de un ataque al corazón con apenas treinta cinco años. Algunos ahora iban a la tribuna Occidente. Otros no vinieron por el trabajo. Otros están en el extranjero. Pensar que en los años 80 todos éramos chiquillos, y queríamos estar cerca al alambrado, defender nuestros colores y dormir con la bandera celeste en el pecho.

Algunos me reconocen y me abrazan, pero la gran mayoría son chiquillos que no llegan ni a los veinte, no saben quién soy. Me he alejado de la barra hace más de cuatro años, después de una bronca tremenda en la que acabé con un cuchillo en el cuello, por milagro no me mataron. De ese incidente recuerdo que justo cuando iban a *hincarme*, alguien del bando contrario se metió. Lo reconocí. Era de Surquillo, mi barrio, pero no sabía su nombre. No nos pasábamos, teníamos amigos comunes y alguna vez nos habían presentado. En ese momento nos dimos la mano sólo por cumplir. Yo sé que él me recordaba. Si él no se metía me hubiesen acuchillado. Ahora sé que me retiré de la barra ese día porque supe que estaba en un lugar en el cual ya no encajaba más. De los puños, de las barras ingeniosas, de las banderas hermosas, de la fiesta, se había pasado a las emboscadas. Cuchillos y pistolas empezaban a relucir. Yo mismo una vez evité que alguien de nuestra barra, cuchillo en mano, robase a alguien. En esa oportunidad el barrista apodado Barracón me hizo caso, pero su advertencia fue clara: "*Causa*, sé que eres barrista antiguo pero la huevada ha cambiado. La próxima no te metas o pierdes".

La barra de Cristal surgió en la tribuna norte en los años 80 y después se fueron a Oriente donde estuvo hasta principios de los años 90. Justo en esos primeros años, una gestión de gente aguerrida como Cabello de Ángel, Teniente Saúl y otros idearon formar una barra popular e ir a la tribuna sur o norte cuando se enfrentaran a Alianza o la U. Hubo incluso votación y muchos no querían ir. Incluso yo pensé que no funcionaria, porque éramos muy pocos hinchas, pero varios líderes de la barra peinaron las calles del Rímac y ubicaron a esos hinchas que no podían entrar al estadio ni formaban parta de la barra y los invitaron a la tribuna. Al principio todo fue muy bien, nos compenetramos y hasta se eligió un nombre con pegada: Extremo Celeste. Una versión relata que el nombre se tomó de una bandera que unos amigos metaleros (Jaime, Francisco y Josué) pusieron en honor a la banda Extreme. La otra versión sostiene que a Josué se le ocurrió el nombre porque en el Perú, en esa época, se vivía una violencia extrema y de allí surgió el nombre.

Con el tiempo el Extremo Celeste fue creciendo hasta convertirse en un maremágnum de camisetas celestes que nadie podía controlar. Ya no eran cuarenta personas empadronadas que se conocían bien y que encima eran casi todos universitarios. Ahora era una masa compacta que venía de todos los conos de la capital: mestizos, blancos, negros, chinos, japoneses. El Extremo correteaba hinchadas que otrora eran inexpugnables. Pero el Extremo también pasaba una crisis y entre los mismos grupos que la conformaban existía a veces enfrentamiento por las entradas, por poner sus banderas al medio del alambrado, por *batutear* la barra, por la cúpula del poder. Se sufría en el presente lo que Boca o River o Racing: peleas en la interna por el control de la tribuna.

Esta noche Cristal sufría los últimos veinte minutos. Empezó ganando desde los seis del primer tiempo, después se dejó voltear el marcador. Empató en el minuto sesenta y seis. Como estábamos jugando de local, el empate no servía y la hinchada se impacientó. Un grupo de chiquillos insultaba a los jugadores. Un amigo de la Vieja Guardia protestó y le arrojaron una botella desde un rincón. Quise apaciguar los ánimos y me insultaron. Corrí hacia el grupo y les increpé. Alguien salió al frente y se me vino encima; le metí un puñete y allí se armó una batahola. Me habían rodeado varias camisetas celestes y estaba peleándome con barristas de mi propio equipo, algo que jamás hubiese ocurrido en los 80. Repartí patadas y puñetes como pude, pero el cerco se achicaba y tuve que replegarme. Pude conectar un par de buenos golpes y vi cómo alguien se caía de espaldas, sentí un correazo, con hebilla incluida, en la espalda. Retrocedí como pude, y vi una navaja dibujando círculos de muerte frente a mi cara.

Mis amigos me separaron, pero no se metieron de lleno en la bronca (cierta vez a un barrista y amigo apodado Soldado le habían cortado la cara por defender a alguien). La policía vino y empezó a repartir varazos por doquier. Un uniformado al verme solo me dijo, "póngase a un lado de la tribuna porque no lo vamos a poder proteger". Me fui a un costado. Un grupo de barristas estaban confabulando, de pronto mi amigo Tanqueta, que hasta hoy toca el bombo, fue a hablar con ellos; no sé qué les dijo. Al rato vino una comitiva diciéndome que no habría represalia (qué generosos), que todo estaba bien, que sabían que yo había sido barrista antiguo. Me invitaron un trago de color enrarecido. Lo probé para no desairar y crear más pleito. No bien lo probé supe que me había roto el labio con algunos de los golpes recibidos, sentí un ardor infernal en la boca. Escupí con rabia, y la flema tenía algo de sangre. Estaba pensando para qué me había peleado, y justo allí fue que Cristal metió gol y la tribuna se vino abajo. Los que me habían escupido y tirado correazos me abrazaban gritando: ¡Fuerza Campeón! ¡Fuerza Campeón! Tiembla el cemento. ¡El que no salta es una gallina! Se formó una ola, y de nuevo el maremágnum de camisetas, la horda humana entremezclándose en una danza de locura, mareados por el alcohol, la mariguana, la pasta, las caricias acidas de la cocaína, y entre el humo blanco y celeste que inundaba la tribuna, la gente gritaba y escupía con violencia su devoción: ¡Paraguayo Maricón vas a ver al Cristal campeón! Pensé que en nuestro equipo más de un paraguayo había jugado y dejado el alma: Struway, Garay, Ferreyra.

Quería saltar con todas mis fuerzas como antes, pero de algún modo entendí que ni este equipo, ni yo mismo, éramos los de siempre. Me fui alejando, dando un paso al costado como aquellas personas cautas que salen minutos antes de terminar el partido. Giovani me alcanzó a gritar: "Quédate para tomarnos unas chelas y seguirla. Tengo unos gramitos (de cocaína) para la *gentita*". Le agradecí y le dije que para la próxima. Supe que no habría una próxima.

Día 43

Me llamaron del Banco Español. Me ofrecieron exactamente el mismo salario, pero para trabajar en una oficina del Centro de Lima (que queda más lejos de casa). Ello implica gastar más pasajes, más tráfico, más caos.

Dicen las malas lenguas que los dueños de bancos son amigos y se ponen de acuerdo para así no robarse la gente de ventas. El gerente me dijo que en pocos meses el Banco Español iba a comprar mi banco y que aproveche la excelente oportunidad. Tengo diez días para contestar (ahora todo es con cuenta regresiva). Le pregunté a mi viejo qué pensaba de la propuesta del Banco Español y me dijo: "Más vale malo conocido que bueno por conocer". No hay mucha vuelta que darle.

A Dora también la llamaron, pero le ofrecieron un mejor trabajo: asistente de gerencia. El sueldo es un poco más alto que el que actualmente tiene (tenemos) pero sin comisiones. Ella se siente mal porque yo fui quien hizo el contacto. Al principio me molestó, pero después nos reímos. Además, el trabajo de asistente (al menos en Perú) es para una mujer, aquí no he visto asistentes y secretarios hombres. Dora me lo agradeció y al final le dije que si la habían llamado era por algo, que no me agradezca nada; pero, como ella insistía, le dije "ya carajo, invítame dos chelas", y nos pusimos a tomar. Desde las cuatro de la tarde, hasta casi las nueve. Nos "bajamos" fácil ocho botellas grandes y un paquete de cigarros. "Me jode decir esto, pero lo diré", dijo Dora, "Aunque mi trabajo no me guste, con las comisiones saco más dinero. Creo que al final no voy a tomar la chamba".

Fui a buscar a Karla y al verme medio ebrio me preguntó qué estaba celebrando y le dije: la posible contratación de una amiga a un banco grande y ella movió la cabeza de lado. "No quiero imaginar cómo será la juerga si la contratan. ¿Y qué pasará si la ascienden?". Me quedé mudo. La verdad estaba buscando cualquier excusa para beber y no pensar.

Día 42

Recogí los papeles que me faltaban para presentarme a la embajada de Estados Unidos: mi contrato del banco, mi estado de cuenta con tres mis dólares que no son míos (mis viejos y mi hermano me prestaron para hacer la finta, deporte habitual en Lima). Se siente bien ver tres mil dólares en tu cuenta, aunque no sean tuyos. Imaginé que compraba un auto e iba a cien por hora a las playas del sur desafiando la velocidad del sonido, de la luz; desafiando el miedo a perder, y me elevaba en una afiebrada carrera de angustia, compitiendo conmigo mismo y derrotándome.

Al rato dejé la fantasía de lado y reparé en que sería una estupidez comprarme un auto cuando no tengo dónde guardarlo. Si tuviese ese dinero (pensé) debería dar una inicial para un departamento y así *poco a poco,* como dice mi vieja y, en veinte años o apenas 240 meses –nada más–, pagarlo.

Aprobaron las dos tarjetas de crédito de mis clientes, pero el préstamo de uno de ellos sólo salió aprobado por cinco mil dólares. "Dile al cliente: o lo toma o lo deja", me guapeó mi jefe y me aseguró que con un poco de "muñeca" podría convencer al cliente para que acepte el préstamo. El cliente me dijo, "flaquito, si necesitara cinco mil nomás te lo hubiese dicho antes, ¿no? Si no salen los diez mil, no quiero nada, ni la tarjeta". José llamó al cliente, pero no contestó el celular, "tienes que llamarlo hasta que te conteste" me conminó el jefe. Llamé cinco veces y al fin el cliente me habló, aunque fue breve: "Deje de joder y no llame más. Usted y su banco nomás sirven para hablar. Usted es puro *bla bla bla*", dijo y tiró el teléfono.

Día 41

Sesenta días para abandonar el país

Saqué la cita en la embajada de Estados Unidos. Debo presentarme en dos semanas. Karla estuvo conmigo hasta que se hizo de noche, según ella no debo preocuparme, que sí me darán la visa y lograré hacerme de una vida en lo "yunaites". Pero la verdad es que no me la creo, porque mi situación me dice que aquí no la he hecho linda, que me faltó algo y no quiero caer en el facilismo ni echarle la culpa a todos los demás: al sistema, a la argolla, al padrinazgo o a no haber estudiado en las mejores universidades del país. Eso influye, pero no determina. Tengo un amigo de colegio estatal que se graduó de ingeniero en una universidad nacional y ahora trabaja para una transnacional. En una ocasión, entre cervezas, Willy (el ingeniero) me juró que no conocía ningún padrino en esa compañía y le creo, porque siempre se caracterizó por ser honesto, empeñoso y por chamuscarse las pestañas estudiando. Mientras él se pasaba los fines de semana en casa estudiando, yo estaba con amigos, siempre "con hembras y en fiestas", como decía Lavoe. La universidad ha sido para mí, por elección, un desperdicio.

Día 40

Karla y yo tuvimos una discusión inútil, aunque fuerte. Debo reconocer que mi situación (nuestra situación) me preocupa y que, al no encontrarle solución, cuando hablo del tema me acaloro como si hablase de fútbol. Le propuse que dejara de trabajar en periodismo y que busqué, trabajo en un banco o en una empresa privada, es decir, algo más estable. Ella no quiso, dijo que es periodista y morirá intentándolo, y yo me puse como un energúmeno, porque no quiero que ella se apegue o se identifique a ese título como si fuese parte de sus órganos vitales, como si extirpándole el título de periodista ella estuviese, digamos, lisiada o en desventaja física. "A lo mejor en tu pecho late un micrófono y no un corazón", le dije, sarcástico. "No todos sirven para vender como tú", dijo sin mala onda, igual me dolió porque en el fondo me jodía ser vendedor. Estábamos vestidos con ropa deportiva, con nuestras resplandecientes bicicletas montañeras en la esquina de las calles La Paz y Larco. Frente a nosotros un vendedor de flores con ropa gastada y cara de no haber almorzado; sin embargo, era pura risa. Mientras Karla y yo nos gritábamos el vendedor se reía. ¿De qué demonios? Al otro lado de la pista su enamorada o esposa vendía periódicos. Cada vez que el tráfico detenía los carros ellos podían mirarse por encima de los autos pequeños. Ella vendía un periódico y guardaba los cincuenta céntimos como si fuesen cincuenta dólares, él la miraba orgulloso. Nosotros seguíamos discutiendo. "Me largo", grité, y Karla: "lárgate pues".

No sé por qué, pero mientras discutíamos inevitablemente mirábamos a los vendedores. El semáforo estaba suspendido en rojo, el vendedor logró vender dos ramos. La alegría era tanta que ella cruzó la pista toreando a los carros y se besaron.

"No te entiendo, ¿qué quieres?", preguntó Karla, yo no pude con mi pena y mi sana envidia por la pareja. Me quedé mirándolos mientras subía a mi bicicleta y me alistaba para pedalear. "Quisiera ser ellos", les señalé a los vendedores y sin volver la cabeza me alejé.

Por la noche, al ver las noticias, no lo podía creer. El Banco Español se ubicaba casi quinto en el sistema financiero y con una cartera pesada que desanimaba a los accionistas mayoritarios. Hay rumores que se irán del país, igual que yo.

Día 39

Estoy tomando taxis diariamente porque no me levanto a tiempo. Antes conversaba con todos los choferes, pero últimamente me tocaban unos salidos de un cuento real-maravilloso de García Márquez. Taxistas brujos, taxistas que creen en ovnis y en el fin del mundo, expertos en seguridad ciudadana: "Ladrones que agarre la policía deben matarlos y *fondearlos* en el mar". Ya estoy harto de decir hipócritamente: "claro, maestro".

Los taxistas que menos soporto son aquellos que hablan de los goles de Cubillas en los mundiales 70 y 78 y que el vergonzoso 6-0 ante Argentina estuvo arreglado por los militares (Videla entró al camerino, dijo alguna vez un jugador). Y el tema más patético: Argentina ganó el mundial de 1986, pero en las eliminatorias sufrió para empatarle al Perú.

Hace unos días encontré al taxista perfecto. El chofer era *gago* y apenas podía hablar. "*¿A Migaflore? ¿Ta bien, cuato sole nomá?*", me dijo la primera vez. ¿cuántas *carreras* tenía que conseguir? ¡Con cuatro soles no se podía ni tomar un desayuno! El taxista era nuevo en el barrio y le dije que todos los días tomaba el taxi a las 8:30 de la mañana en la avenida Tomás Marsano, donde quedaba la ferretería Paucar y hermanos. Desde ese día casi siempre lo encuentro allí. A veces he salido a 8:35 y hasta 8:40, y allí está mi taxista, *"¿A mimo sitio maetro?"*

Salvo comentarios vagos sobre el clima como *"Qué fío ganputa, maetro"*, *"un calo de meda, maetro"*, el hombre no dice nada más, lo que es perfecto para mí, porque en estos días ando tan frustrado que es mejor que no hable con nadie.

Día 38

Le pregunté a Karla si le gustaría tener hijos. Ella: por ahora no pienso en eso. Yo: te hablo del futuro. Ella: "fíjate en el hoy". Yo: "eres muy racional". Ella: "eres muy idealista." Yo: "¿Y eso está mal?" Ella:" ¿y cómo mantendrás a nuestros hijos?" Yo: "trabajando". Ella: "pero si no te alcanza el sueldo"". Yo:" ¿ahora solamente los ricos tienen hijos?" Ella supo que la discusión no acabaría y me abrazó. "No peleemos más por esto".

Al menos el trabajo mejoró un tanto. Vendí tres tarjetas de crédito y un préstamo. Son cien dólares de comisión. Confío mucho en que aprobarán todas estas solicitudes. Todos son empleados de un banco y sus sueldos son buenos (un requisito indispensable para obtener tarjetas de crédito es verificar los ingresos). Ocurrió también algo anecdótico. Una de las chicas a la que le llené una solicitud es analista de crédito y antes de hacer el papeleo hablamos un rato de su banco y el mío. Dijo que estaban contratando. El año pasado postulé allí sin suerte. "No tengo el perfil", me dijeron.

"Prueba de nuevo. Tráeme tus papeles. No te prometo nada, pero puedo intentar". La verdad me animó un poco, sobre todo por sus ganas de ayudar y falta de egoísmo. Por curiosidad le pregunté cuál era su profesión. "Soy bióloga marina". Disimulé bien mi sorpresa, pero alcancé a preguntarle (ingenuamente) cómo había entrado al banco con esa profesión. "Gracias a mi tío Danilo que conoce al dueño", me contestó ella.

Día 37

Estuve en el Banco Intercontinental haciendo un trámite y me encontré con Duilio Gonzaga, un amigo con quien estudié inglés. "Cholito, dame tu currículo lo más pronto posible". Es gerente de ventas. "Necesito dos tigres de ventas con estudios superiores". Esa misma tarde regresé y dejé mis documentos en la recepción. De regreso a casa pensaba si fue un error estudiar periodismo. Quizás toda mi vida sea un error recurrente: emborracharme y agarrarme a puñetazos con cualquiera.

Mi viejo, por bien hacer, pensó que por ser desenvuelto me iría bien en el periodismo, pero no. Siempre he sido tímido, siempre he estado rodeado de mujeres para sentirme mejor. En realidad, siempre tenía que estar ebrio para poder decirles algo. Usaba marihuana y cocaína sólo para ser *cool*. Únicamente *yo* sabía que salía con varias chicas al mismo tiempo porque era incapaz de querer a una sola persona, porque no me quería ni a mí mismo. Tenía pavor de querer y acostumbrarme a alguien. Me daba terror encontrar a una chica linda y buena. Cuando conocí a Karla ese temor se esfumó, aunque ella sabe que mis demonios y temores se largaron después de saciarse conmigo.

Día 36

Llamé a Duilio y me dijo que tenga paciencia. Él ya dio su visto bueno, pero hay decisiones que vienen de arriba. Dónde es arriba me pregunto a veces. Cuántas veces he mirado el cielo de Lima gris y no he visto nada, tan solo el humo de las fábricas que se estanca en al aire enrarecido y me pregunto si el cielo es eso, una mancha etérea e inexistente.

Estuve viendo televisión hasta tarde. En la pantalla, un jubilado salía reclamando, "lo justo nomás, señorita". Dice que ha trabajado como un peón por treinta años y ahora sus *records* no aparecen en el sistema de pensiones y llora frente a cámaras: "Señorita, periodista, al presidente le pido por favor que vea mi caso". Sé que el presidente no verá nada porque tiene temas más importantes: los tratados de comercio que traerán millones, bailar en un estrado después de inaugurar una escuela y brindar con pisco peruano. Porque el pisco es peruano, dice el refrán. Y el pisco solucionará los problemas de desnutrición de nuestros niños y estaremos a la vanguardia de la educación en Sudamérica.

Día 35

Trabajé medio día y por la tarde alisté los papeles para la embajada. Decir que mañana es un gran día es un eufemismo. Estoy pensando (ya he visualizado) en mi cara derrotada cuando me digan *que no* en la embajada. Pero ya pagué los cien dólares. No queda más remedio que ir a la embajada. Mi cita para hacer el ridículo es a la once de la mañana. Debo irme a dormir, aunque sé que me tomará un par de horas caer. Por las noches me distraigo tratando de agudizar mis oídos, pongo atención a los maullidos de los gatos techeros que se aparean: ese grito chillón es de la gata en celo y ese grito rabioso es el gato que la muerde del pescuezo para poseerla; escucho a los autos que pasan: ese es un Volkswagen y ese otro sonido es una moto; ese debe ser un auto nuevo. Cualquier puerilidad me mantiene despierto y ocupado, pero es mejor que mirar el reloj y me den las cinco de la madrugada sin cerrar las pestañas.

A veces en la habitación siento que mi cuerpo flota. Mi cuerpo es un espectro que quiere escapar; mi habitación es fría y por la ventana se cuela un viento siberiano, implacable; quizás por ello mi alma vuelve resignada. Quiero sentirme bien pero no puedo.

Día 34

Me presenté en la embajada. En la fila más de uno contaba que tenía familia en Estados Unidos. Una señora con la que congenié me dijo que su esposo estaba allá y que ella estaba pidiendo su visa de turista, pero su meta era quedarse. Estaba recontenta cuando salió y le dieron la visa, hasta me abrazó y al rato su esposo llamó al celular; la señora lloraba mientras decía: "Déjame que salga de aquí y te hablo. Me dieron la visa. Me la dieron…".

Yo ni dije nada de mis planes porque tenía miedo de que en la fila alguien fuese un empleado de la embajada. La verdad es que yo estaba sacando mi visa, pero ninguna certeza sobre qué hacer: irme a Estados Unidos seis meses o para siempre; no me quiero hacer tanta ilusión con el viaje. Esta mañana una pareja lloraba afuera de la embajada porque le negaron la visa, y parecía que se les hubiese muerto alguien.

Antes de llegar a la ventanilla para la entrevista con el oficial de inmigración, una señora se derrumbó porque le negaron la visa. "Yo quiero ir a los Estados Unidos a estudiar un curso de chef", decía ella, *por favor,* que vieran su estado de cuenta, "tengo cuatro mil dólares en mi cuenta. Aquí está el título de mi casa". "Siguiente, *next*", era mi turno. Caminé despacio, la respiración agitada. Mis piernas avanzaron como autómatas. Estaba en el tramo final y caminé lento como un animal rumbo al matadero. Como Héctor sabiendo que jamás podrá vencer a Aquiles, el de los pies ligeros. A veces sabemos que vamos a perder y simplemente caminamos solo porque queremos ver el final y acabar la farsa.

Sesenta días para abandonar el país

No sé cómo ocurrió. Quizás influyó el hecho de que hablo inglés y que llevé puesto un buen terno y mi identificación del banco. Incluso desde la ventanilla me dijeron: "Ese es mi banco". Me sonrieron. Uno escucha tantas tonterías, que los gringos son más fríos que culo de pingüino, que los gringos no tienen en el pecho un corazón, sino que allí les late una hamburguesa. Pero no, también tienen su corazoncito (creo).

Mi entrevista no duró ni cinco minutos. No me preguntaron más que dos o tres generalidades y me sellaron el pasaporte con visa de turista por diez años y tenía que volver al día siguiente a recogerla. Mentiría si digo que estoy feliz. Siento que tengo al menos una opción: poder viajar, patear el tablero, ser el último en salir, el que apague la luz.

Día 33

Cuando me la entregaron, la miré con curiosidad y acaricié el sello que dice: visa B-1 válida hasta el 2011. Salí calmado del edificio. Una hilera de peruanos se extendía como si fuese una serpiente infinita que solo acababa en el culo del mundo. Quise ver quién era el último de la fila, pero los ojos me lagrimeaban del esfuerzo.

El sol resplandecía sosegado por un viento agradable. Quizás era yo, pero tenía la impresión de que la gente sonreía también y es que el cielo estaba despejado, cosa que en Lima no ocurre todos los días. "Lárguense para siempre", "traidores", "vendidos", "yanquis", gritaron de pronto desde un camión. Eran obreros de construcción que se iban a trabajar; algunos se reían y uno de ellos se agarró los testículos.

Nadie en la fila dijo nada. Yo que normalmente soy contestón me quedé sin palabras y cuando pensé en reaccionar, el camión ya estaba lejos. "Yo me estoy yendo de vacaciones", dijo alguien al costado. "Yo visitaré a mi novio", aclaró una chica. "Yo llevaré a mi familia a *Disneyword*", dijo una voz masculina oculta en el anonimato de esa hilera casi inacabable.

Un señor bigotón y delgado se reía disimuladamente y al verme me dijo: "Flaco, la gente es hipócrita". Total, como yo ya tenía la visa, antes de subirme a la combi (un bus microscópico) le contesté algo que quizás era cierto: "Maestro, ni huevón regreso".

Sesenta días para abandonar el país

Día 32

Me escapé a la parte antigua de Surquillo para bailar salsa, tomar cerveza, fumar un cigarrillo y no pensar. Es que pensar ahora es lo peor que puedo hacer. A veces me digo que sólo me haré una pregunta o dos—para filosofar nomás—, de allí no paro hasta que amanece y justo cuando escucho cantar un gallo recién me empieza a dar sueño. Cuando quedo plácidamente dormido, al rato suena el despertador y es hora de levantarse e ir a trabajar. Y así con la cara que se me cae al suelo y las ojeras de muerto estoy en la oficina mientras mi jefe da una aburrida charla magistral de ventas que yo ya no escucho.

Estuvimos con mis amigos Coco y Jaime (que tampoco saben que me voy) en un lugar de la avenida San Felipe llamado "El callejón de las siete puñaladas". Dicen que allí una vez mataron a alguien con igual número de puñaladas. Ahora es una leyenda urbana que no se puede confirmar ni desmentir. Algo hay de cierto: allí llega gente de muchos barrios y hasta futbolistas en auto deportivos. Puedes pasarla muy bien si estás tranquilo y tomas tu cerveza; bailas sin aspavientos y si ves a una chica que te gusta debes ser lo más discreto y citarte para otro día, porque allí la gente quiere bailar salsa y divertirse, nada de estar *afanando*. Vienen de otros barrios también; de Salaverry, de Montero, González Prada. En Surquillo hay unas morenas fabulosas, morenas de tez clara y de ojos verdes, pardos y azules. Estas mujeres son una mezcla perfecta de perlas y ébano, y saben bailar la salsa como diosas paganas y tienen alrededor siempre a cinco o seis tipos. No bien termina una canción, los hombres ya están casi a medio metro para extender la mano e invitarlas. Ellas complacen al primero. Al que llega un segundo después solo le quedará sonreír y preguntar: ¿Bailas conmigo la próxima? Ellas también sonríen y dirán que sí. Es el ritual, todo el mundo lo respeta, pero cuando alguien le habla demasiado a una chica, a menos que no sea el novio, siempre algún admirador celoso sentirá que le están quitando a la *jeva* por puesta de mano y es allí cuando las botellas pueden volar por los aires.

He bailado con la Gata, una diosa morena con ojos como verde mar. Tuve que abalanzarme cuando pusieron *Aléjate* de Lavoe, le tomé la mano a tiempo. Ella se dejó llevar y me miró sin mucho aspaviento, porque hay otra regla casi entendida entre los morenos, y es que, si no eres "del pelo", es decir de raza negra, no siempre te dan bola o si lo hacen no debe ser muy notorio. Esa noche yo sólo quería bailar. La segunda canción fue *Idilio* de Willie Colón. Le agradecí a la Gata y me fui a un costado a terminar una cerveza con mis amigos. Era ya de madrugada cuando un ebrio quiso bailar con la Gata. Otra regla elemental dice que si el tipo ya está muy mareado mejor ni bailar con él porqué se pone meloso. La Gata le dijo: "No gracias, amigo" y el borracho insistió, pero ella, nada; sin embargo, él le tomó la mano con fuerza, empezó un forcejeo, un moreno que parecía de lejos futbolista le metió un puñete y otros más lo acariciaron bien. El agraviado y sus amigos respondieron con botellazos, una silla voló y le cayó en la cabeza al moreno. Se escuchó un disparo al aire y se armó una bronca descomunal. Coco, Jaime, y yo, ganamos la calle a prisa. Con nosotros no era, pero cuando llueven botellas o balas perdidas, estas jamás piden permiso.

Día 31

Me levanté con resaca y llamé a mi primo Ernesto para confirmar que ya tenía la visa, que viajaré en un mes a lo mucho. Le pregunté si allá me podría ir mejor que en Lima, si podría estudiar en la universidad y trabajar sin problemas. Él dijo que sí. "Primo, no te vas a arrepentir de venir. Este lugar no es ni el cielo ni el infierno, es un lugar donde puedes trabajar y hay oportunidades; si las aprovechas, bien por ti". Quizás sintió que yo era un mar de dudas porque Ernesto preguntó: "Primo, ¿no te estás tirando para atrás, ¿no?". Le aseguré que no.

Fui a sacar mis ahorros. Tengo setecientos dólares, los únicos setecientos dólares que he juntado en mi vida. Mi patrimonio es ese y las cosas acumuladas en mi cuarto. Después, no tengo donde caerme muerto. Mi madre tiene su casa propia, igual mi padre, mi hermano posee su departamento, ¿Y yo qué? Sentí dudas al sacar el dinero. Me dieron billetes de veinte y cincuenta dólares. Mi billetera estaba abultada. Se siente bien por un instante tener ese dinero en el bolsillo. Caminé por la calle Alcanfores hacia la agencia de viaje. La mañana estaba algo fría y me detuve en la esquina para comprar un cigarro. Lo prendí ávido y no dejé de aspirar sin parar. Sentí que alguien me miraba. Era Dora. "¿Estás bien?", me preguntó y le dije que sí, que tenía que ver a un cliente y señalé la agencia con el letrero azul en el cual sobresalía un avioncito ridículo. "Quieres que te esperé para irnos a almorzar", preguntó ella y me disculpé aduciendo que debía conversar con el gerente de la agencia sobre un préstamo y tarjeta de crédito empresarial, lo cual me iba a tomar tiempo. Dorita se fue no muy convencida; yo entré a la agencia, justo en la puerta me recibió la gerente Marisol Tavera. Tras besos y abrazos (intuía que esta vez compraría el pasaje) me dijo que Marite me iba a atender. Ella me había atraído desde la primera vez, debo reconocerlo, pero era muy tirada para su lado y yo tenía novia. Su voluptuosidad me ponía nervioso y sentía que quería conocerla, pero jamás osaría intentar algo. Ella sabía provocar, pero siempre manteniendo esa distancia, ese control que tienen ciertas mujeres. Es aquí cuando un hombre se obsesiona más, creo, sabiendo que puede traer su autocontrol por los suelos. Marite puede alterar todo en mí y se me cruzó por la mente invitarla a salir, pero mientras más me decía que era una perrada, mis deseos de hacerlo aumentaban, ¿No decía Poe que el hombre tiene inclinación a hacer el mal justamente porque es consciente de ello?

Le dije a Marite que me iba a los Estados Unidos, le mostré el pasaporte sellado. Me felicitó y preguntó cómo había conseguido la visa. Le conté que trabajaba en el Banco Italiano. Por primera vez me sonrió y fue muy amable. Qué diferente a la primera vez, recordé su parquedad de entonces. "Qué pena que te vas, nunca pudimos conversar, sería *bacán* salir a tomar unas chelitas antes de que te vayas", siguió hablando mientras compraba mi pasaje. Puso mis datos en la computadora, llenó unos papeles, imprimió una boleta y colocó mi pasaje en un estuche azul (que tenía el mismo avioncito ridículo de la entrada principal) y me lo entregó. Me paré para darle la mano, ella me dio un abrazo y un beso disimuladamente cerca de mi boca. "Llámame", dijo mientras sentí que introducía hábilmente sus dedos en el bolsillo de mi saco. Salí de la agencia. Tenía cólera, sentía que con la visa valía más y sin ella, nada. Busqué en mi saco, había un número de celular con su nombre. Arrugué el papel lo guardé en el bolsillo. *Pendeja*, me dije, y seguí avanzando hasta la avenida Benavides.

Día 30

He escrito mi carta de renuncia varias veces. Borro y vuelvo a escribir: "Carta semi-irrevocable", "Renuncia temporal" y otras estupideces porque nadie puede renunciar temporalmente a nada. Una renuncia es total.

Sesenta días para abandonar el país

En verdad quería escribir: "Señores, me voy del banco porque no tengo padrino para ascender, es injusto que no haya promociones ni traslados para la gente de ventas. Son unas sanguijuelas cochambrosas. Unos verdaderos hijos de puta".

Escribir algo así era poco menos que una pataleta de resentido y no es bueno cerrarse puertas ni salirse peleado con un empleador. A fin de cuentas, mi jefe es un empleado también que se la juega mes a mes. Su jefe, lo mismo, hasta las cabezas de los gerentes ruedan a veces. Terminé escribiendo una sentida carta, agradeciendo la oportunidad de pertenecer al banco (que al final me ayudó a conseguir indirectamente la visa). En plan de joda escribí que en el banco transcurrieron los mejores años de mi vida, que extrañaré cada momento que pasé en la fuerza de ventas y que si naciera de nuevo volvería a ser vendedor de la empresa. Una hipocresía similar leí en La Palabra del Mudo. En un cuento de Julio Ramón Ribeyro, el empleado del ministerio al jubilarse dijo que volvería a reencarnarse para estar de nuevo en su puesto de burócrata. Así que escribí que este no era un adiós, sino un hasta luego. Pedí, por favor, que aceleraran el trámite para que paguen mi liquidación, mis vacaciones truncas y las comisiones. "Gracias, familia del Banco Italiano".

Día 29

Presenté mi carta de renuncia *irrevocable*. Mi jefe preguntó por qué me iba del banco. Dije que mi padre se había retirado y tenía un capital para abrir un negocio. ¿Qué tipo de negocio? Una ferretería, contesté neciamente. José me miró como diciendo: ¿Qué mierda sabes tú de ferretería? Pero antes de sentirme acorralado aclaré que un tío conocía bien el rubro y ya tenía un negocio grande (una importadora) en el centro de Lima, de esos que venden hasta electrodomésticos. Ah, dijo José y luego expliqué que con el dinero de mi padre nos asociaríamos con mi tío. Yo, por supuesto, asistiría con las ventas.

Mi jefe recibió la carta, pero me dijo que lo pensara bien. Un negocio es difícil de empezar, que me tomara dos o tres días para meditarlo. Le dije que lo iba a pensar.

Me excusé para ir al baño a orinar. Apoyé una mano en la pared de losetas y de los nervios me mojé un zapato. ¿Se habrá dado cuenta? El cierre del pantalón se atracó y por más que intenté no pude arreglarlo. ¿Cómo iba a trabajar así? Al caminar por la calle se me vería el calzoncillo o peor, medio testículo fuera *Mierda, tendré que cubrirme con el saco y no quitármelo, aunque haga calor.*

Fui a la cafetería para pedí un café cargado y un sándwich mixto. De regreso a la oficina noté, por la mirada de mis compañeros, que se habían enterado de mi renuncia, pero nadie dijo nada. Dora me hizo una señal para hablarme en la cafetería de la calle Porta. Tendría que volver a mentir y esperaba una vez más no contradecirme. Debía repetir exactamente lo mismo, con el cinismo de un político: "Seré ferretero. Venderé enchufes, lámparas, tomacorrientes, trifásicas, cemento, desatoradores para inodoros y veneno para ratas (sobre todo eso)".

Por la noche tuve una pelea con Karla. Fue una cosa rarísima y hasta mi viejita tuvo que intervenir.

Ángela, una de mis mejores amigas, me llamó después de dos años para encontrarnos. Su esposo y ella piensan irse a los Estados Unidos. Nos citamos frente a la Municipalidad de Miraflores. Cuando llegó me costó reconocerla porque llevaba muchos kilos encima. Antes Ángela era delgadísima. Ella me dijo que entendía mi cara de sorpresa y yo, imbécil, le di la razón. Me disculpé, pero ella no se mostró enfadada. A decir verdad, nunca se ha molestado conmigo, es una de las cualidades que más admiro de ella.

A Karla no le agradó la idea de mi encuentro con Ángela. "No la conozco", me dijo. Por el contrario, el esposo de ella estaba muy contento de que nos viéramos. Es más, antes que Ángela me diera el encuentro, su esposo llamó a mi celular para pedirme que por favor la espere porque se había retrasado en salir de casa.

Cuando Ángela llegó, la gorda Viviana, una compañera del trabajo de Karla, que pasaba por la avenida nos vio conversando. Me acerqué a saludarla y le presenté a Ángela. Viviana sonrió irónicamente y se fue al minuto.

Fuimos al Pollos Max de la calle Porta. Me gusta ese lugar porque siempre hay sitio para sentarse y es el único donde venden cerveza en botella grande. Un lugar donde nadie compra pollo a la brasa, sólo cerveza.

Conversamos de lo mismo: de los treinta días que fuimos enamorados, y nos reímos. Creo que tenía que decirle algo (teníamos que decirnos algo): que el único error dentro de todo lo que habíamos hecho era haber sido enamorados. No porque ella no fuese una mujer atractiva ni mejor persona, es una de las personas más lindas que he conocido y la mejor amiga que uno puede tener. Justamente, a veces, uno por soledad cree ver cosas que no hay y mezcla la amistad con ese sueño tantas veces irreal que llamamos amor.

Regresé a casa en taxi y tomé una ducha. Karla llegó antes de las once de la noche, lo cual me sorprendió. Al recibirla en la sala me saludó con un beso en la mejilla, en silencio subimos las escaleras rumbo a mi habitación. No bien entramos ella disparó sin hacer ningún preámbulo: "La gorda Viviana te vio besándote con Ángela y le creo". Primero pensé que mi ligera sordera, una vez más, me hacía oír ir cosas inexactas, pero la mirada de fuego de Karla me confirmó que no. "Viviana te vio", dijo una vez más. Presioné mis puños en alto. "Esa gorda está mintiendo", grité. La cólera de Aquiles era una rabieta de niños, mi cara ardía. Le dije que llamase a Ángela o a su amiga Viviana o que fuéramos a la casa de ésta en un taxi.

"¿Tú no conoces a la gorda? ¿No dices que miente en el trabajo con tal de conseguir cualquier cosa? ¿La conoces un par de meses y le crees a ella? ¡Todo esto es una mierda! ¡Lárgate de aquí y no me busques más!". Abrí la puerta para que se fuera y en eso mi madre entró preguntando qué estaba pasando y yo le puse al tanto. "Gerardo quiere a Ángela como si fuese su propia hermana", dijo mi vieja, y Karla, sin muchas alternativas, quizás intuyendo su error, se acercó para abrazarme: "Soy una estúpida. Te creo. Perdóname".

Esa noche le pedí a Karla que por favor se fuera se fuera, que al día siguiente hablaríamos. Mi madre la acompañó a tomar el taxi. Yo aproveché para comprar cerveza y cigarros. Puse *Paranoid* de *Ozzy Osbourne*. Estuve bebiendo hasta algo tarde y no me acuerdo más.

Día 28

Terminé con Karla por teléfono. Sé que puedo arrepentirme, pero me jode lo que ha pasado. Me duele que Karla no haya confiado en mí. Sé que no he sido ningún santo, que he sido un perro muchas veces. Sé que tengo terror de fallarle y quizás por eso me puse nervioso frente a Marite desde un inicio, porque me atraía de manera extraña; pero estaba convencido que aparte de mirarla no haría nada más.

Nunca he creído mucho en patrones ni reglas, pero igual me harté de despertar pasado de tragos, de amanecer fuera de casa, de despertarme con la duda de saber si hice algo o no, si usé protección o si simplemente me quedé dormido tratando de hacerlo con alguien.

Estoy tratando de creer en mí, creer en algo. Cuando no crees en nada ni en nadie puedes cruzar el umbral de locura. Uno puede ser no más que un perro que fornica en la calle sin inmutarse o un asesino que llega a su casa para almorzar con su familia después de esconder a alguien en la maletera de un auto. Los seres humanos somos animales sedentarios, sofisticados; vestidos con corbatas y zapatos. Fingimos ser educados, sociables, domesticados; pero en nuestras mentes somos asesinos y hemos matado a nuestros jefes y a nuestros enemigos y a los que queremos. Claro que sí, estoy convencido de que podemos matar a quienes más queremos, despacio y sonriendo. Y las personas que más nos aman a veces no matan poco a poco, con palabras, sonrisas y promesas.

Día 27

Karla llamó y yo insistí en que no deberíamos vernos, en que sería mejor así. Total, nuestros planes han salido mal últimamente. Nuestros trabajos, nuestras peleas nos desbordan.

Día 26

José me pidió que fuera a hablar con su jefe porque no quieren aceptar mi carta de renuncia. Es decir, no me pueden obligar a quedarme, pero me quieren convencer de que no me vaya. Al menos me alegra saber que, después de todo, mal empleado no soy. He quedado primero en ventas un par de meses y sé hacer mi trabajo: "Estimado cliente: firme aquí, firme aquí y aquí, y en cuatro días pase al banco a cobrar…aquí está su llaverito y un lapicero de regalo de parte de su asesor financiero y mejor amigo".

Rodrigo parece buena gente por ratos, pero guarda su distancia y su trato es un tanto vertical, por decirlo de un modo elegante. Entré a su oficina y su secretaria me dijo que la audiencia (ella usó esa palabra virreinal) duraría diez minutos.

Entré la oficina del *virrey* y una camiseta de Alianza Lima colgaba de su silla. Al parecer tenía que jugar más tarde porque vi un maletín deportivo. Pensé que la reunión no podía empezar peor. Siendo hincha de Cristal a muerte, bastaba ver colores blanquiazules o cremas para malhumorarme.

"Pasa Gómez", me dijo y fue directo al grano. Si yo tenía un problema con mi jefe se podía arreglar, si no me sentía cómodo con los compañeros me podía cambiar de agencia (pero siempre en ventas). Tienes San Isidro, Lima o Callao a tu disposición. "¿Por qué tomaste la decisión de renunciar?" Y entonces salió el mentiroso en mí. Esta vez, no hablé de enchufes ni trifásicas, sino que íbamos a importar de Taiwán y de Taipéi y como dominaba el inglés incluso existía la posibilidad de viajar al extranjero a hacer una compra grande. Hablé de miles de dólares en juego. Rodrigo me felicitó porque yo parecía emprendedor, pero no debía apresurarme. "Gómez, tómalo con calma. Medita sobre esta decisión".

Pensé que me estaba graduando de mentiroso, y que realmente lo había convencido. Me deseó suerte y dijo que tenía hasta el lunes para pensarlo, después de ese día pasaría mi carta de renuncia a recursos humanos. Rodrigo me miró directo a los ojos y sonrió: "Suerte adonde vayas", dijo y traté de serenarme y no pestañear porque Rodrigo ha sido vendedor y no as ningún imbécil.

Karla sigue llamando. Siento que debo perdonarla. Odio no tener fe porque un hombre derrotado siempre busca aniquilarse, aunque sea de a pocos, yo ya sé de eso. Me he metido en todo: peleas, drogas, barras bravas, y hasta estuve durmiendo unas semanas en un templo hare-krishna cuando ya no podía más con mi vida. Con excepción de las experiencias con los devotos de Krishna donde hallé buenos amigos, todo lo demás ha sido una excusa para destruirme. Mentiría si dijese que tengo miedo a la muerte. Como muchos jóvenes, en algún momento pensé el suicidio.

Ahora están lejos esos días suicidas, pero los tengo presentes y no quiero olvidarlos. El suicidio o el aceptar que te maten es una burda copia de un Cristo posmoderno, pues no pones la mejilla sino la frente. "Dispárame aquí, concha de tu madre". Y cuando tu verdugo ve la miseria en tus ojos dice: "lárgate fumoncito" y entonces sientes que tu cuerpo ya no te pertenece y pesa menos que el aire y huyes como un animal herido y espantado por tu propia levedad.

En esas madrugadas suicidas veces volvía a casa golpeando las paredes, dando tumbos, caminando por las calles con una botella de ron insultando a la gente, gritando como un orate, odiando todo, odiándome y queriendo tener el valor de acabar con mi vida.

Un arma hace desfilar tu vida en unos segundos como una película muda en blanco y negro. Lo sé porque he bailado y jugado con la muerte y esta, muy generosa, no ha querido llevarme, y aunque me duele recordar su tibio desprecio ahora me sirve para levantarme del suelo y también para saber que a la Santa Muerte se le respeta.

Día 25

Hoy hice una gran estupidez. Llamé a Marite y salimos a tomar unos tragos a Miraflores. Le dije que sólo quería conversar y me dijo "Por supuesto". Nos encontramos a las diez en un bar de la calle Porta. Le conté lo que me había pasado con Karla y me dio la razón. Claro, ¿qué más podía decir ella? Ella quiso dejar en claro que estaba allí como una amiga, que yo era lindo (la primera vez que la conocí me miró con la misma indiferencia con la que se observa a un pordiosero). Me dio un beso en la mejilla y dijo que yo siempre le había parecido un tipo tierno. "Una pena que no pudimos conocernos bien. Me hubiera encantado". ¿Qué era conocerse "bien"? Se veía bien, eso era indudable. Marite llevaba puesto un jean que parecía reventar en sus piernas y una blusa negra ceñida.

Cuando se acabaron las primeras cervezas saqué un cigarro y ella me pidió uno. Mientras se lo encendía, su cabello mojado tocó mi barba algo crecida. Ella fumaba de lado exhalando el humo como lo hacen las modelos; cada movimiento parecía ensayado como el acto de una obra que se tiene concluir a la fuerza. Estuvimos allí un par de horas riéndonos de algunas cosas comunes: una amiga de mi universidad resulta que estudió en el mismo colegio que ella, su mejor amiga reside en Virginia (donde viviré); Marite también sueña con viajar, pero no ahora pues no hay nada definido. Tiene un novio con quien pelea a cada rato. "El tontonazo no se anima a casarse. Mira lo que se va a perder", dijo ella y se paró en la silla como en la película La Sociedad de los Poetas Muertos; y dio una vuelta. Parecía una bailarina en una cajita musical de porcelana. En un segundo capturé su figura como lo habría hecho un hábil fotógrafo. Se disculpó para ir al baño. Yo me decía: Karla, Karla, ¿por qué estoy haciendo esto? ¿Por qué si sé que la voy a cagar toda si sigo con esta farsa de "solo hablar como amigos"? lo mejor que podía hacer era pagar la cuenta acompañar a Marite a que tome un taxi y largarme.

Marite demoró un rato y, mientras, me fumé un último cigarro. Miraba las paredes del Pollos Marx. "Jamás volveré a esta chingana, eso es seguro", me dije. Cuando Marite volvió, tenía lágrimas en los ojos, y no se sentía bien. "Tengo náuseas". Me pidió que le acompañara en taxi a su casa. "Yo pago", me dijo como intuyendo mi precariedad económica. "Vivo aquí nomás en Benavides y República de Panamá". Pagué las cervezas y tomamos un taxi, me sentía un poco ebrio y abrí la ventana del auto. La brisa miraflorina alborotaba el cabello de Marite y mi mente, porque ella se veía muy hermosa esa noche, más que el primer momento que la vi. Las cervezas habían empozado ideas en mi cabeza, pero sabía —y me repetí en el trayecto— que no debía cruzar ninguna línea. *Dejo a Marite en su casa y me voy. ¡qué difícil!, es tan atractiva. Me gusta... ¿de verdad le parezco lindo? Somos amigos nomas. Total, no hemos hecho nada malo. ¿qué pasaría si Karla se entera que salí con Marite? ¿y si alguien nos viese bajando del taxi ¿por qué Marite aceptó venir? me fascinan sus piernas. Sus caderas. Caderas. Caderas. Sé que le gusto. Debo irme a mi casa. Debo...*

El auto se estacionó a la altura de un restaurant de comida oriental frente a un edifico de color rojo. "Vivo con una prima mayor. El sitio es pequeño", se disculpó. La ayudé a subir y ella me abrazó en todo momento. Llegamos al segundo piso y, tras hurgar en su bolso, sacó la llave del departamento. Entramos y ella se metió a prisa a su habitación llevándose las manos a la boca. Me senté en un mueble viejo de la salita. Era un minidepartamento apenas más grande que una oficinita burocrática. En la sala había una foto de ella con alguien que, por la forma en que le acariciaba la cintura, debía ser su novio.

Esperé unos minutos, pero ella no salió. ¿Estaría en el baño? "¿Marite?", llamé, pero no me contestó. La llamé de nuevo, pero sin resultados. Avancé hasta el final de la pieza y vi la puerta entreabierta y la habitación a oscuras, aunque la luz del pasillo dejaba un rayito de visibilidad. "Marite", dije despacio al verla recostada. Marite estaba dándome la espalda, la blusa tirada a un costado y el *brassiere* que se unía por medio de un broche estaba dividido en dos y las tiras caían cómplices hacia sus hombros. Iba a despertarla o, mejor aún, a taparla e irme a casa. Estaba cerca de Marite, le iba a dar un beso en la mejilla cuando ella se volvió hacia mí y susurró: "Ya me siento mejor". Me agarró de la nuca y como un rival que se mide en duelo acortó la pequeña distancia que había entre nuestros cuerpos. Sentí sus senos redondos y firmes, respiré agitado. En vano intenté separarme pues ella me jaló con violencia y, entonces, poseído, busqué sus labios, como si los necesitase para vivir, como si su aliento fuese el oasis y espejismo de un desierto y yo necesitase agua.

Sesenta días para abandonar el país

Luego clavé mi boca en sus senos como una hiena hambrienta. Me sentía enloquecer mientras ella me desabotonaba la camisa con una mano y con la otra buscaba mi sexo que no cabía más en el pantalón. Me despojé del pantalón a prisa, ella hizo lo mismo en segundos. Proseguimos en el ritual de arrojar nuestras prendas por la habitación. Una vez liberado de mis ropas la embestí con todas mis fuerzas y como un animal en celo me monté en ella. Sus caderas se movían ligeramente como haciendo una danza extraña pero apetecible. Después ella me empujó con ímpetu sobre la cama, cabalgándome. "¿Te gusta así? ¿Te gusta que sea tu puta?". Le dije que sí, que sí; y ella se movió con fuerza inusitada, castigándome deliciosamente con la tibieza de su sexo, y la abracé y mis manos exploraron cada centímetro de su cuerpo que me descontrolaba. Quise incorporarme, pero ella me empujó contra la cama, "échate, mi amor", susurró y yo simplemente cerré mis ojos y me abandoné a ella.

Sentí que explotaría pronto en ella, Marite parecía saberlo y se recostó en la cama. "Ven encima mío. Me gustas Gerardo, me gustas", suspiró ella y así a tientas me dejé llevar por sus gemidos. En tanto yo embestía con fuerzas contra su cuerpo y empezaba también a morir de gozo. Sus susurros parecían un canto suave y salvaje a la vez, y fueron desapareciendo al ritmo de mis pulsaciones que, poco a poco, se calmaron. Apoyé mi cara sobre sus senos. Ella me abrazó con una ternura que no podía entender como si me quisiera de mucho antes. Se recostó a mi costado y prendió un cigarro, "Ustedes son una raros, siempre se pierden lo bueno", dijo, y su rostro volvió a ser el de la primera vez que la vi en la agencia.

Fumamos unos cigarrillos. Ella dormitó un rato y yo me quedé pensando por qué nunca a menos que esté ebrio, puedo dormir normalmente. ¿Qué somos Marite y yo? ¿Esclavos del miedo? No hemos hablado nada de nosotros. Es como si quisiésemos no afrontar nuestras miserias y simplemente quisiéramos el hoy; existir sin un mañana, importa sólo el momento, el sexo, el placer, aunque sean tan reales y efímeros como un espejismo.

Dos horas después me fui a casa y entendí que, pese a haber estado con varias mujeres y gozado del sexo a plenitud, jamás había copulado con una mujer tan sexual y agresiva en la cama como Marite. Antes de irme ella se disculpó conmigo: "No quiero que pienses mal de mí". No quería dar la impresión de ser una mujer fácil.

Sesenta días para abandonar el país

Dijo que realmente le gustaba y que se sentía muy sola, que, si yo quería estar en contacto, a ella le encantaría, pero sin forzar las cosas, jamás imaginó que algo así pasaría entre nosotros. Me fui a casa sintiéndome como un ladrón que ha robado un banco, y que arrepentido quisiera devolver el dinero, pero que ya no se puede.

No quiero volver a ver a Marite porque sé que seré débil otra vez y aunque no esté con Karla igual me siento un estafador. Marite lo planeó todo, estoy seguro, y yo como un imbécil caí redondito. No debo volverla a ver; tres veces le dije que me iba y al final me quedé hasta las tres de la madrugada.

Día 24

Llamé a Karla por la mañana y le dije que yo era una basura y teníamos que hablar de algo que había pasado. Lloré (hace tiempo no lo hacía y la verdad es que detesto llorar. Me dijo que por favor la perdonase, pero le expliqué que no tenía rencor, pero debía explicarle algo. "Mejor no hablemos ahora. No me digas nada. Yo tengo la culpa de todo", dijo. "Hagamos de cuenta que estos tres días que estuvimos peleados nunca existieron. Sólo perdóname", susurró y yo insistí en que debía hablarle y Karla en que yo debía confiar en ella.

"Olvídate de lo que pasó", decía y lloraba sin parar. Le pedí que se calmara mientras mi cabeza me gritaba: ¿Cómo olvidarlo? ¿Cómo? Sacando fuerza de flaqueza le dije que la quería mucho, aunque me sentía poco menos que una rata. Me hizo prometer que nunca tocaríamos este tema de Ángela porque ella tenía vergüenza. Mi cobardía fue más grande que yo y no le dije nada sobre Marite.

Día 23

Ocultar lo del viaje no es únicamente por cábala pues sé que si le digo a mi jefe que me voy a los Estados Unidos se reiría porque en el Perú nos burlamos de los cocineros, obreros, las empleadas del hogar y hasta de los que tienen estudios técnicos. Ser profesional es ser gente bien y no serlo es ser chusma. Es decir, intelectuales como Mariátegui o cualquier otro que no tenga educación formal no sirven; en cambio, cualquier animal con título a nombre de la nación es un genio. Y si ha estudiado en Francia, mejor.

Un tiempo atrás le pregunté a Perla qué opinaba acerca de viajar a los Estados Unidos para tentar suerte y el escepticismo se dibujó en su cara. Dijo que ella jamás limpiaría baños o prepararía hamburguesas en una cadena de comida rápida. Sé que la pasa mal con lo del dinero ahora, pero anda por la calle bien a la moda con botas negras de cuero y un celular de última generación. Quise preguntarle si, así como estaba económicamente ella se sentía realizada, pero me di cuenta de que todo sería inútil. Pipo escuchó la conversación y empezó a joder, ¿Te quieres ir del país, Gerardo? ¡Chucha, hay fuga de talentos!

A mediodía Dora, Pipo y Chelita nos reunimos para almorzar y tomar una cerveza. No mencioné nada del viaje, hubiese querido contarle a Dora cómo me sentía y también lo que pasó con Marite, pero una vez más callé. Desconfiaba de mí, de lo que pudiese decir y no quería reconocer que tenía muchas carencias. Todo lo mío era clandestino: el encuentro furtivo con Marite, mi viaje, mi futuro. Quería sentirme como esas personas que dicen: "trabajo en tal lugar y me va del carajo", "me caso en junio y ya compramos departamento", "mi novia y yo nos vamos de vacaciones al Caribe".

Mi jefe quiso organizar una despedida, pero al final no salió nada porque acababan de despedir a cuatro personas y la oficina estaba dividida. "En todo caso, otras personas debieron irse", dijo Viviana ayer y se armó una bronca porque no dio nombres. Más de uno le preguntó "a quiénes te refieres", ella sonrió con mofa y se marchó.

Pese a lo jodido que es trabajar en ventas, uno termina recordando las anécdotas y los amigos. Recorriendo las calles pasan tantas cosas. Cierta vez, cuando estuvimos bebiendo en San Borja, empezó una balacera en el centro comercial Ebony. El loco Javi, Chelita, Pipo, Nery, Dora, Nanchito, el gordo, Perla, el Che, y Dora nos tiramos al suelo, reptamos como batracios debajo de una carretilla de sandías, naranjas y plátanos. Terminamos parapetándonos en un puesto de periódicos hasta que la policía llegó (media hora después) para verificar que habían asaltado y baleado a un cambista informal de dólares.

Creo que el mejor año fue el 98 porque nos reuníamos en grupo de hasta seis para ver el mundial y hablábamos en clave: tengo que ir a la avenida Brasil o a la avenida Argentina; apenas eso bastaba para saber que había un partido importante y, aunque fuese en horario de trabajo, nos las inventábamos. Quizás eso sea lo mejor de trabajar en ventas, la libertad del horario. Pero eso fue el 98. Este nuevo milenio (la frase ya me empieza a hartar), los de ventas andamos algo peleados por nimiedades: necesito usar el fax, cliente tal llamó ayer y no me diste el mensaje, me miraste mal.

A pesar de ser un grupo de casi doce vendedores, solamente tres personas me agasajaron (Pipo, Dora y Chelita). Es quizás un indicador de que no soy muy popular por estos días. Valgan verdades, de un tiempo acá, no me interesa mucho caerle bien a nadie; al contrario, quiero caerle mal a todos, así no se acercarán mucho. Es como una prueba de fuego para ver quiénes son mis amigos. Dora es el más claro ejemplo. Nos hemos mandado a la mierda mutuamente e ignorado en una ocasión por espacio de un mes. Incluso llegamos a sacarnos en cara algunas de nuestras viejas andanzas: "malogrado", me dijo ella frente a la gente del banco; yo, "dobletera" (ella me había contado que estaba saliendo con dos tipos, "como amigos solamente", al mismo tiempo). Pero Dora y yo nos disculpamos y creo honestamente que no ha quedado nada de rencor.

Dora, Pipo y Chelita dicen que me van a extrañar, eso quiero pensar, me preguntaron también a qué me iba a dedicar y les dije que iba a empezar un negocio con la familia. No sé por qué tengo la impresión de que no me creen, pero ya solté esa respuesta frente a dos jefes.

Mis amigos se fueron al rato, y se quedó Dora. Me dio un abrazo y me dijo: "Eres grande. No te mueras nunca" y sonrió. Dora siempre dice cosas serias entre broma y broma. "¿Sabe qué, señorita ejecutiva de ventas? Váyase a trabajar, ociosa". Fuimos por la avenida Larco atiborrada de gente y vimos de soslayo el edificio donde funcionaba nuestro banco y reímos como si nuestra vida misma fuese una broma. La sonrisa se transformó en carcajada sonora, algunos transeúntes voltearon a mirarnos.

Día 22

Verónica, una amiga que trabaja en la compañía de teléfonos Movisouth, me llamó llorando porque le negaron la visa para los Estados Unidos. Dijo que tenía todos los requisitos: dinero en el banco, carta del trabajo y pasaporte en regla. Fue bien *nice,* tempranito y emperifollada de pies a cabeza como si hubiese ganado una invitación para una cena romántica con su cantante favorito.

Un día antes se había ido de boca contándole a media oficina (dice que pidió discreción) que se iba a la embajada gringa y que estaba segura de que le darían la visa. Hoy llegó con cara de culo a la oficina. "Para otra vez será", le dijeron algunos, pero Verónica sintió que sus compañeras del trabajo hablaban entre dientes. Su departamento entero sabe que ella se quiere ir del trabajo y su jefe la observó con sorna. Quiero pensar que todos se alegrarían si me fuese del carajo en Estados Unidos, si un día de pronto paso de ser Don Nadie a Don Algo, pero sé que cuando a alguien le va bien siempre empiezan las críticas. Hace poco un rockero peruano (el único que toca en el extranjero) dijo: "El peor enemigo de un peruano es otro peruano". Quizás tenga razón.

Cuando era chico mi padre siempre me hacía buscar refranes en libros y periódicos. Una vez encontré uno de Confucio, que me gustó, y se lo leí: "El silencio es el único amigo que jamás traiciona". Mi padre me miró con ternura y me acarició la cabeza: "grábate esas palabras de memoria".
Día 21
En unos días habrá un reencuentro con mis compañeros de universidad, después de tres años. Cada quien ha hecho su vida. A veces hablo con Karina, mi mejor amiga de la facultad, pero las llamadas de ambos lados son cada vez más esporádicas. Hemos egresado hace cinco años. Han confirmado que irán Paquito, Martín, Rosita, la gringa Mirlenko y por allí otro más. Ojalá. Quiero verlos antes de irme, pero no les diré nada del viaje. Este secreto me tiene harto, aunque lo haya hablado con Karla, mis padres y mi hermano. Nada me asegura que todo irá a la perfección. "Primero llega a los Estados Unidos", dicen mis viejos, "entonces recién abres la boca".

Sé de gente que hizo despedidas como si se fuesen a las olimpiadas y ni los dejaron entrar a los Estados Unidos o los deportaron incluso después de haber estado trabajando duro y parejo. He buscado información en periódicos sobre cómo van las cosas en ese país. También en Internet, algo que se está haciendo muy común en Lima. Las cabinas públicas y cibercafés ya no son exclusividad de barrios como Miraflores y San Isidro.

Me atrevería a decir que hay dos opiniones diferentes sobre lo que significa vivir en los Estados Unidos (al menos eso es lo que he leído): la gente que dice que llegó con una mano adelante y la otra atrás pero ahora manejan autos del año y se han comprado casas; y los que dicen que los han tratado como a perros. Algunos de ellos han padecido cárcel por ser ilegales y tuvieron que esperar sus juicios de deportación viviendo con un grillete electrónico en el pie con el cual la policía los rastreaba donde quiera que se escondiesen. Tengo curiosidad. ¿A cuál de estos dos grupos perteneceré? ¿Existirá un grupo intermedio? Es decir ¿alguien que no se hace millonario ni lo deportan? Es decir, un anónimo, alguien que ni se hace rico ni muere pobre, un puntito más en las estadísticas estadunidenses. Alguien que pase desapercibido, pero al menos pueda sobrevivir.

Día 20

A pesar de que Karla y yo hemos superado yo no me perdono lo que hice con Marite. Debí decir la verdad en su momento y ahora no tengo el valor de hablarlo como un hombre. Afrontar las cosas y decirle: la cagué, ahora sí es cierto.

Hoy Karla y yo fuimos a comer ceviche por la avenida Rosa Toro. Bebimos unas cervezas y después nos fuimos a un lugar lindo para estar solos. Todo resultó casi perfecto. Y digo *casi,* porque hay una angustia que no sale del pecho. Trato de sentirme bien, pero Karla sabe que llevo un funeral por dentro.

Día 19

Karla es mejor que yo, no cabe duda, pero es muy confiada y cree en demasía en la amistad. No es una crítica, sólo que muchas personas fingen ser amigos y no lo son (como la gorda Viviana). Tengo miedo de dejar a Karla en un mundo de hienas que le dirán que yo nunca volveré por ella. Siempre tendemos a lo negativo y a la burla: amor de lejos, amor de pendejos.

Le escribí parte de la letra de canción de Cat Stevens y le dije cuánto significaba para mí. Me sorprendí de no haberle contado nunca a Karla sobre esa canción. Sus ojos vidriosos me indicaron que lloraba. Vi su cara de nostalgia: "*Wild World* es la canción favorita de mi padre", dijo y me abrazó.

Día 18

Por las noches miro televisión hasta tarde, veo las noticias y siento una rabia que me revuelve las tripas. Asco hacia algunas personas que a veces quisiera agarrar a golpes o dejarlos a merced de una turba enardecida en una marcha o huelga. Hoy, un congresista acaba de ser denunciado por falsificación de documentos, corrupción de funcionarios, tráfico de influencias. Él dice que es inocente, que su honra es lo único que tiene y nada más. Antes también se vio envuelto en otro caso de corrupción, pero sorpresivamente huyó del país. Después de un par de años volvió y lo eligieron nuevamente padre de la Patria. ¿Somos imbéciles o qué? ¿O somos puro corazón y perdonamos así de fácil? Estoy seguro de que si este sinvergüenza volviese a postular una tercera vez igual saldría elegido. Lo que no entiendo es por qué. Un profesor de la universidad decía que "la política peruana era un circo. Copiaba de los modelos de la política romana lo más conveniente, pero no aplicaban algunos principios elementales. Si los políticos de cuarta supieran sobre el destierro al cual se sometía a los funcionarios públicos, los empleados de hoy no desearían ser políticos. Si se aplicara ese criterio hoy, nadie postularía a congresista. Pero como no existe el ostracismo —ni la vergüenza— hoy por hoy ser político en el Perú es el mejor negocio del mundo".

Día 17

Por fin coincidimos con mis amigos de la universidad. Nos reímos mucho de algunas cosas que pasaron en las clases del 90, cuando la economía peruana tambaleaba y el salón de clases se convertía en un mercado donde se vendían zapatos, empanadas, ositos de peluche, sándwiches de pollo. Al menos diez alumnos de mi promoción llevaban algo para vender. Yo no me quedé atrás y mandé a hacer unos llaveros con el logo de la universidad que, por cierto, se vendieron muy bien. Jazmín, una estudiante del primer año con la que tenía una atracción mutua, me ayudó a colocar muchos llaveros. Conversábamos siempre entre clases, aunque nunca pudimos decirnos nada sentimental. Como dos estúpidos nos entregábamos los llaveros: "aquí está lo que vendí", "gracias por ayudarme", "cuando quieras", "eres linda", "tú también". Un desperdicio, pues por aquellos años no tenía a nadie y mi frivolidad-inestabilidad-inseguridad me llevaba siempre a empezar una relación y terminarla en dos semanas, y Jazmín me gustaba tanto que hasta tenía terror de acercarme demasiado.

En los 90 el aula era un microcosmos, una partícula, un remedo en miniatura del país y, ante la falta de trabajo y dinero, algunos demostraron un talento innato para el negocio y el trueque: al no poder vender sus sándwiches los cambiaban por ositos de peluche. Si no había con quien intercambiar daban su mercadería a crédito, "me pagas el lunes o cuando puedas".

Paquito, el más callado, el que nunca hablaba y sólo sacaba fotocopias o mandaba a encuadernar las monografías, ahora tiene, no uno, sino dos trabajos. Todos vaticinamos que no la iba a hacer en el mundo periodístico y es ahora uno de los que mejor está de toda la promoción. Martín trabaja para el Estado en una oficina de prensa. Se nota que le va muy bien. La gringa Mirlenko consiguió empleo en un Ministerio. Y, bueno, yo, yo soy vendedor. Muchos pensaban que acabaría escribiendo en algún diario. Llegué a publicar algunos artículos en un periódico muy importante y trabajé en una radio, pero no duré mucho. Mi orgullo podía más y siempre terminaba dejándolo porque me pagaban algo que yo llamaba "miseria".

Mi amiga Karina hasta hoy realiza prácticas en un canal, y aunque me dice que no le pagan nada va a seguir intentándolo. Sus padres viven en el Norte Chico y le siguen apoyando. Con eso aguanta. Ojalá le salga.

De mi universidad han salido algunas chicas que están en televisión, una es vedette y le dicen la bomboncita, otro bate todos los records de sintonía en la farándula. Recuerdo que estudiaba también una chica bastante atractiva y sencilla: Graciela Rivas. Ella bailaba en un programa cómico y creo por ello la eligieron Miss de la Universidad. El día de su condecoración dijo que tenía una gran conciencia social y le daba pena que hubiera tantos "analfabéticos" en el Perú. Y otra candidata dijo que Confucio fue el que inventó la confusión. Y alguien dijo que durante el Romanticismo Europeo los hombres fueron muy galantes.

Lo que sí no puedo creer es que Rosita, quien obtuvo el primer puesto de la promoción, esté vendiendo libros de lectura rápida y de inglés. A ella la imaginé (la imaginamos) siendo una líder de opinión. Cierta vez cuando me la crucé en la calle, quiso evitarme. Su rostro lucía triste y amargo; la comprendí porque yo también lo he vivido, lo vivo cuando me tiran el teléfono o cuando un vigilante me quiere sacar a la fuerza de cualquier lugar como si un vendedor tuviese lepra.

Ver el mercado en el cual se convirtió mi aula en los 90 me hizo pensar en lo de Vargas Llosa o en Zavalita: "¿cuándo se jodió el Perú?" me hizo pensar en "¿cuándo se jodió todo para mí? "¿cuándo me jodí la vida?

El Perú no se jodió solo. Lo hemos jodido todos: Abimael, Montesinos, Fujimori y los peruanos todos con nuestra pasividad de siempre. Porque si tiran una bomba, mientras no caiga en nuestra casa, nos importa una mierda.

Sesenta días para abandonar el país

Día 16

Llamé a la señora Díaz-Cassiano, pero no me contesta nadie. Fui a buscarla por la tarde. Cuando se abrió la puerta me emocioné, ¿habría cambiado de parecer? Una muchacha joven, que se identificó como la empleada de la casa, me dijo que la señora volvería en dos horas: "ha ido *aquicito* nomás, a la iglesia pa ayudar en 'La Legión de María' a rezar creo por lo pobres".

Si no me devuelve mi dinero por lo menos espero que me incluya en sus Novenas.

Día 15

No puedo negar que me molesta haber abandonado mi carrera. Sobre todo, si recuerdo que mi actitud dejó perplejo a mi profesor de periodismo y amigo, Manuel de Prieto. Tantas veces he querido buscarlo y pedirle que me entienda. Hoy, armado de valor decidí llamar al profe. No nos veíamos desde el 98 cuando tuvimos una discusión. Todo empezó cuando le dije que iba a dejar de escribir totalmente. Dijo que cometería un gran error; me excusé con que debía trabajar para poder comer, pues escribir no me había dado más que amarguras, burlas de la gente. Incluso mi pobre viejita al verme escribir inútilmente en una Remington destartalada clamaba, "Hijito, ¿para qué escribes y escribes si nadie te paga y ni siquiera lo públicas? ¿Por qué no buscas un trabajo en una empresa extranjera? ¿No te animas a estudiar contabilidad como tu hermano? Nunca as tarde y hasta tu padre, al menos en eso, sí te apoyaría. Piensa, hijo. Mira que no soy de fierro ni voy a vivir eternamente

Hoy el profe Manuel de Prieto me dijo algo que era cierto, que era un desagradecido con la vida. No me lo encaró, sólo me preguntó si me había olvidado cuando mis amigos me apoyaron con lo de mis escritos. No me encaró es cierto, pero recordé el día en que me llevó a almorzar con un editor. Él insistiéndole que leyese mis textos y cuando el editor me preguntó si yo era escritor, agaché la cabeza y dije que no. No, esas cosas no se pueden olvidar.

Y entonces escenas de derrota y pequeños triunfos se interpolaron en mi mente. Qué lejano el día que leí un cuento en el bar La Noche de Barranco y estuvieron Jean Paul, Anette (con un eventual novio argentino) y, por supuesto, Karla, que fue con Frida y dos amigas de la universidad. Esa noche, después de mucho tiempo, sonreí, pero cuando estuve fumando un cigarrillo afuera del local reparé que jamás nadie me había pagado un puto cobre por escribir. Había recibido como máximo veinte soles por hacer algunos trabajos universitarios para que otros los presenten en sus clases, algo eventual, estaba cansado de "recursearme", todo por unas pocas monedas. Esa noche tras leer mi cuento "Ana y el Sol", alguien que no conocía me comentó que le parecía una buena historia. El profesor Manuel de Prieto invitó pisco sour a Karla y sus amigas. Supuse que tenía un buen sueldo ya que enseñaba en una universidad privada, después me enteré de que su sueldo era humilde, por decir lo menos. Eso era lo que me daba terror de ser periodista: leer y escribir tanto para nada. Sé que herí al profe cuando le dije que iba a trabajar como vendedor en un banco, según él era una locura, los escritores eran ante todo combativos hasta el final. Pero yo no era ni soy escritor, sólo alguien sin los huevos ni el talento para escribir. Aún me duele el atrevimiento de mis palabras cuando el profe dijo que debía seguir escribiendo. "Usted profesor, no me va a dar de comer cuando empiecen a sonarme las tripas". Él contestó: "algún día sabrás que te has equivocado".

Verme hoy con el profe ha sido una despedida. No hablamos mucho ni necesité disculparme. Nos dimos un abrazo, me preguntó cómo iba todo y contesté que estaba más o menos. Me di cuenta desde que te vi, alcanzó a decir. El profe tiene cáncer desde hace años. Dice que la quimioterapia es dolorosa, que lo tiene de un humor que él mismo no puede soportar. Cada tratamiento es como una muerte parcial porque todo su cuerpo queda adolorido por la reacción de las pastillas, inyecciones en el brazo y abdomen, Desde hace un mes no siente el sabor de ninguna comida y el agotamiento lo hace explotar cuando tiene que enseñar; a veces ya no quiere seguir viviendo así. Le dije que no pensara eso, que debía continuar luchando, pero allí mismo cerré la boca de la pura vergüenza.

Me pidió un cigarro y yo protesté. ¡Carajo!, ¿No puedes complacerme siquiera en eso? Sólo eso le calma la angustia. De vez en cuando se fuma un cigarro en la clandestinidad, pues sabe que igual va a morir. "Dame el cigarro", me ordenó y fumamos, cómplices, sin mediar palabra. Puso su mano en mi hombro y sonrió: "No seas mezquino. Aunque sea en tus ratos libres escribe y lee 'Cartas a un Joven Poeta' de Rainer Marie Rilke". También mencionó a Thomas Mann, Maupassant, Bierce, Fitzgerald, Kafka, pero yo ya no escuchaba. Mi mente era un zumbido de mil migrañas juntas.

Día 14

Hoy llamé al profesor Manuel de Prieto para agradecerle. Le dije que tenía planes de escribir más adelante. Quería asegurar un lugar para mi familia (¿qué familia?, dijo él). Mientras a mí me molesta sentir a veces que no encajo aquí, hay gente que dice que así estuviera muriéndose de hambre jamás dejaría el Perú. Los admiro con envidia porque yo a veces me siento medio gitano, un errante, alguien que no puede detenerse y que necesita imperiosamente viajar. Siempre supe que alguna vez viajaría lejos. Recuerdo que cuando tenía catorce años, me fui con mi mochila hasta Markawasi, a 4,200 metros sobre el nivel de mar. Fui con unos amigos. El hermano mayor de uno de ellos era el guía y no sé por qué un día antes de llegar a Markawasi se regresó y con él, todo el grupo. Pese a su protesta inicial, bajo mi responsabilidad, continué el viaje en solitario y llegué a Markawasi. Tuve fiebre por tres horas y vomité, pero pude llegar a la meseta, aunque al llegar me desplomé. Cuando desperté estaba en la carpa de una chica llamada Rocío que estaba con una amiga más. Ardía en fiebre.

Aún hoy me parece sentir la brisa de esas noches frías en mi cuerpo y ver "El valle de las focas", "El rostro de la humanidad", "La fortaleza"; aquellos monolitos de formas humanas y de animales creados por la erosión del tiempo. Recuerdo mirar las estrellas (sobre todo la Cruz del Sur) fumando un porro de marihuana, tomando San Pedro, queriendo desaparecer en la noche, pero era imposible: estaba allí solo, anhelando algún día conocer a alguien que pueda quererme. Se me viene a la mente el rostro de Rocío (para mí mala suerte jamás la volví a ver), sus manos suaves cubriéndome con una manta, acariciando mi cabello, dándome café caliente, pasándome un trapo mojado por la frente intentando domar mi fiebre.

Pese a sentirme mejor por la ternura de Roció, la nostalgia invadía mi cuerpo flaco de adolescente. Pensé una vez más en la separación de mis padres, quienes, desde que tuve uso de razón, ya no estaban juntos. Pensaba en todos los momentos que no había vivido con ellos. Recordé que no teníamos ninguna foto de nosotros cuatro sonriendo.

Sesenta días para abandonar el país

Mirando las estrellas desde la meseta de Markawasi me di cuenta de que quería recorrer el mundo varias veces hasta cansarme, y una vez cansado parar y después de un par de años volver a viajar. No soy de ningún lugar, soy del lugar donde vivo y existo en ese determinado momento. Y así lo siento hasta hoy.

Nunca he sido una persona emocionalmente estable. Cuando estudié periodismo quise aferrarme a una chica de nombre Isis, era linda, pero, aunque yo me forzaba a quererla, no podía. Yo era muy joven, mucho más imbécil, y no entendía que el amor no es cuestión de esfuerzo, y cómo nunca pude quererla bien, ella terminó odiándome. Yo hubiese querido decirle mis temores, pero jamás cruzaría esa línea. Ante todo, yo era un chico *cool*. Le dije que prefería tener amigas solamente y verse de vez en cuando era lo mejor a mi edad, el amor era para los débiles. Cuando se alejó de mí me transcribió una suerte de poema que un personaje real (un asesino) del libro de Truman Capote *A sangre fría* supuestamente había escrito. "Hay una raza de hombre inadaptados, una raza que no puede detenerse…".

Día 13

Salimos con algunos compañeros de trabajo de Karla. El motivo no pudo ser peor: cerraban el programa televisivo a falta de *rating*. Apenas les pagaron una quincena atrasada, decidieron salir a juerguear. Al menos tienen ganas de estar alegres. Son agradables, los amigos de Karla, aunque eso sí, toman como vikingos, y creo que por allí corre algo más. Pasé mucho rato sentado bebiendo cerveza, Karla bailaba con sus amigos, reporteros y camarógrafos.

Un camarógrafo llamado Saúl y yo estuvimos conversando largo rato. La juerga acabó como a las cinco de la mañana. Después de dejar a Karla, Saúl me llevó a un hueco en la Victoria para comer chicharrones y tomar café. Sabe que me voy a los Estados Unidos y no tengo ningún problema en que se entere porque es amigo de Karla, con él no necesito ningún hermetismo. Karla confía en Saúl, el hombre parece realmente de puta madre. Eso sí, es un radical cuando alguien no le gusta, le pone cara de asco, así de fácil. Estábamos ebrios y hablamos de todo un poco, de fútbol, del futuro. Saúl no me criticó ni se hizo el sobón: tú estás grande y sabes lo que haces, *man*. Le pregunté si había pensado en dejar el país y dijo que nunca se iría. ¿Por qué? "Porque puedo", dijo a secas y me pareció válido. Y yo con las dudas de siempre: ¿soy yo el que tira la toalla? ¿O es el país el que realmente se está yendo a la mierda?

Más tarde en casa, mientras me fumaba un último cigarro puse *Still The Same* de Bob Seger, esa canción habla de alguien que siempre que apuesta gana y sabe cuándo retirarse; aunque no sea mi caso, al menos escucharla me hace imaginar que algún día las cosas saldrán bien para Karla y para mí. Algún día, pero definitivamente no hoy.

Día 12

Hoy tuve la misma pesadilla que me persigue desde hace algunos años. Estoy en Jesús María, caminando por la residencial San Felipe. Espero a Karla que está celebrando el cumpleaños de su amiga Jessica. Yo ando furioso porque ese día debíamos celebrar un mes más de estar juntos. Pero como no teníamos nada planeado quedamos en vernos tarde, cerca de la media noche.

Son las diez y camino por Río de Janeiro hecho una fiera. La culpa es mía porque yo le he dicho a Karla que no había ningún problema. Pero no es así, me molesta tener que esperar y justo esa noche, pero como soy un imbécil, nunca digo lo que me jode, nunca digo cuando me siento mal, a mí nada me afecta, soy de piedra, no tenga alma, todo está bajo control.

Es una rabieta infantil (lo sé ahora), pero en el sueño estaba bien justificada. En el sueño tenía toda la razón de estar molesto, quería a propósito chocarme con alguien en la calle y, como quien no quiere la cosa, tirarle un puñete. Oye, ¿qué te pasa reconchadetumadre? ¿tú me conoces huevón? ¿sabes quién soy yo?

Me detengo cerca de una tienda en esa calle que está envuelta por una neblina muy densa. Pido una botella de cerveza y dos cigarros, escupo en el suelo. Miro mal a la que me atiende. A mi lado una chica delgada de cara dulce me contempla amigablemente. Yo le devuelvo la mirada como diciendo *qué mierda miras, pendeja*. Obvio, ella se asusta y se va. Soy una mierda. Un cobarde que mira mal a quien puede, sobre todo a una mujer indefensa. Me arrepiento y quiero ir a buscar a la chica y decirle "yo no soy así, ¿podemos empezar de cero y conversar?"

Hay un tipo gordo frente a mí. Me observa de reojo, también tiene cólera, parece. Me mira y me habla sin pensar que le puede ir mal, muy mal. ¿En qué andas? Yo le contesto, qué mierda te importa y el tipo, de mirada dura también, apenas se ríe. Dice que algunos días son una cagada. Me rio y le doy la razón. Tiene una cerveza en la mano. Salud, dice, y me pasa la botella, pongo mi botella a un costado. Prendo mi cigarro, me sirvo un trago y tomo de prisa, con violencia. El tipo se sirve. No habla. Prende un cigarro.

La cerveza se acaba rápido. De pronto la cosa se calma y el tipo habla de fútbol y me pregunta de qué equipo soy. Digo de Cristal como diciendo *y qué va a pasar*, ya que en Lima todos son de la U o de Alianza. Salud Cristal, dice él y pide otra cerveza. El mal humor se me pasa. Se ríe de la vendedora de la tienda que me mira estoica. Al acabar la cerveza el tipo me da la mano. "Soy Beto, *brother*", dice. Lo saludo, "chévere contigo, soy Gerardo". De pronto el hombre pregunta si le entro a la cochinada rica, tiene unos tiritos de coca, jamaiquina, añade, casi orgulloso. Dudé, pues hace tiempo que no lo hago. Qué mierda, pienso. Total, será sólo un par de tiros. Gerardo, vamos a meternos unos tiros. Tengo algo de merca en mi casa. Nos *aplicamos* un poco y volvemos aquí para seguir cheleando. Por aquí para mucho el Serenazgo.

Vivía muy cerca de la tienda. Su casa tiene una reja en la puerta y está ubicada en el segundo piso. Me siento en la sala y el *patita* pone *Led Zeppelín*; *Rock & roll* y desaparece. Al rato vuelve con al menos un cuarto de kilo de coca. "Yo no soy ningún huevón, *brother*".

Finjo no estar sorprendido por la cantidad de coca (tanta no puede ser sólo para consumo personal). Con mi tarjeta de crédito "peino" la *merca* y aspiro con fuerza. Mierda, esta *merca* sí es pura, purita. Siento una bala perdida incrustarse en mis fosas nasales, mi tráquea, y abriéndose paso, invade mi cerebro.

Beto se mete la coca por ambas fosas, una dosis que mi cuerpo no toleraría. Si algo he aprendido en la etapa de beber mucho y usar drogas es conocer mi límite (aunque suene estúpido). Beto me dice que me separe merca para llevarme, que coja lo que quiera. "Con un par de tiros más estaré bien" digo, pero él insiste en que coja toda la *merca*. "O te llevas todo o no cojas nada". "Estoy bien", le respondo y él deja la *merca* en la mesa. Insiste: "te llevas todo o nada".

Beto desaparece una vez más en algún lugar de su casa. Me pareció que no tocaba el suelo mientras caminaba. Miro el polvo blanco, pienso en guardarme un poco, pero no, no quiero caer en lo mismo de nuevo. Beto parece estar mal de la cabeza. Me ha dicho que agarre toda la *merca* como si no valiese nada.

Sesenta días para abandonar el país

Miro la cocaína con respeto, hasta con temor, ahora, porque antes me tenía dominado. Mejor será ya no meterme más tiros, hoy ni mañana; ya no debería hacerlo nunca, pienso. Beto aparece como un espectro, sus ojos estoicos y su cuerpo como si estuviese sin vida y alguien lo arrastrara. Tiene en la mano izquierda una suerte de guante negro. Al menos eso parece. Acerco mi cara y veo frente a mí una pistola calibre 38. "Tranquilo", dije fingiendo calma. Debe tratarse de una broma. ¡El tipo me está apuntando con una pistola! Ahora vamos a hacer algo más alucinante, dice y sin preámbulos se baja el pantalón y me dice: ¡cáchame! Se pone de espalda y me muestra el culo. Cáchame, repite. No puede ser una broma. Nadie se baja el pantalón así en broma ni le da la espalda a un hombre y menos le apunta con una pistola.

Ahora yo soy el espectro porque siento que floto y quiero gritar y despertarme. Despiértate Gerardo. Estas soñando. Es un sueño. Pero no puedo despertarme. No puedo, puta madre. Frente a mí, Beto habla en un dialecto extranjero que yo no puedo descifrar. Sus glúteos amorfos y colgantes enrarecen más el ambiente.

Trato de respirar con calma, pero no siento mis fosas nasales, están adormecidas, mi corazón late apurado por la coca y por la brutal sorpresa. O te llevas todo o no cojas nada, pienso ahora. ¿Qué quiso decir? Intento pensar, pero así con el cerebro aturdido por el polvo blanco no se pueden colocar muchas ideas unas detrás de otras.

Hago muecas e intento hablar y la piel de la cara se me estira; los nervios se me contraen y la nariz respira agitada, herida. Al fin abro la boca. "Mira brother, yo respeto tu opción sexual…yo respeto tu opción sexual…cálmate", le digo, y Beto se molesta: "yo no soy maricón. ¿Entiendes? No soy maricón. Esto es un vacilón nomás. Me cachas, te cacho, unos tiros y ya está. Cáchame".

Me quedo sin palabras. Miro el techo, las ventanas, la puerta de salida. Las paredes se acercan a mí y después se alejan y mi corazón bombea como si hubiese corrido kilómetros. Es la cocaína en mí, el pavor. Beto sostiene la pistola firme. Así corriese jamás alcanzaría la puerta. No tengo ni una puta idea de lo que debo hacer. Beto respira con la boca cerrada. ¿Tienes miedo? ¿Tienes miedo que te mate?, pregunta y me pone la pistola en la cabeza, me la pasa por la frente, me hace una cruz, me la pasa cerca de la boca. Si cierro mis ojos, será peor. Si digo que tengo miedo será peor, pienso. Sin saber por qué empiezo a recordar sólo lo peor que me ha pasado, todo lo que me duele, todo lo que me jode, todos mis miedos, todos mis odios, todos mis demonios, la puta rabia, al profesor Camarena golpeándome en la escuela y mis manos enrojecidas, anaranjadas como un camarón en verano y luego Camarena coqueteando a mi madre soltera que tiene que aguantar el asco de escuchar los piropos de un pelado seboso. Y cuando la reunión de padres de familia termina, Camarena nos enseña canciones comunistas que tenemos que corear a todo pulmón como si el equipo de todos se jugase la eliminación frente a Colombia para el mundial del 82. Pienso que en el recreo todo estará mejor y entonces, ¿mis amigos? Me dicen: tu madre es solterona y el pelado Camarena va a ser tu papá. Tu mamá está buena. Tiene un culo bien rico…

Quiero trompearme, pero no puedo con todos. Grito: ¡Maricones! Voy a venir con la gente de mi barrio. Lo juro. Al día siguiente todo es igual y yo sigo jurando en vano que un día me las pagarán, pero nada cambia y Camarena nos hace cantar: *Allá en la plaza hay un cadáver, ¿de quién será? Seguramente de un guerrillero que dio su vida por la lucha.*

Pero yo no quiero cantar y le dije a Camarena que mi papá dice que los comunistas son fantasiosos y Camarena replicó con fuego en los ojos: así que fantasioso, ¿sabe quién es el fantasioso, el mitómano, el hiperbólico? Usted. Usted y las tonterías de historias que escribe en su cuaderno. Usted que, nunca, ¿me oye bien Gómez?, nunca llegará a ser alguien.

Entonces siento la mano cetrina de Camarena estamparse en mi cara. Y me pongo a llorar, pero cubriéndome con los brazos para que no me vean. Y yo jurando. Ah, Camarena cuando crezca te voy a romper la cara. Cuando crezca te voy a devolver esa bofetada.

Entonces vienen a mí imágenes, *flashes*, escenas de películas que alguien pone en mi cabeza en milésimas de segundo. No sé si soy yo o alguien más, un demonio sediento habla a través de mí y levanto mi cara y abro mis ojos; ahora no veo a Camarena, sino a Beto riéndose. Lo miro frenético como si estuviera descarrilándome de un riel por donde marcha un tren de orates. Miro a Beto y le digo: "Dispárame. Dispárame concha de tu madre. Dispárame. Me llega al pincho morir. Siempre he querido morirme. Sólo un tiro y ya está. Me matas y tú te vas preso. Tienes que *fondearme* bien o te vas preso. Me matas y te matas tú también. Dispara concha de tu madre. No tengo miedo, ¿sabes por qué? Porque a veces siento que ya estoy muerto desde hace mucho. Estoy muerto".

Beto me mira a los ojos y puede ver unas lágrimas que trato de controlar. Me gustaría que dispare. Lárgate, dice él con pena o con odio, no lo sé. Baja el arma y abre la puerta de su casa, parece derrotado. Yo también. Es como si me hubiese preparado para morir de pie. Pero Beto no disparó, por el contrario, se quedó pasivamente sentado en la sala y puso su pistola a un lado contemplando la nada.

Salgo de la casa y camino por Río de janeiro, luego empiezo a correr, pero la neblina amenaza retenerme como si olfateara mi pavor. Pero la neblina no tiene alma y no entiende que no es por miedo a Beto, ni a la pistola. No, estoy escapando del demonio al que temo, estoy huyendo del diablo que habita en mí.

Es allí cuando despierto, justo cuando estoy corriendo, aunque nadie me persigue, corro y sin embargo sigo siempre en el mismo lugar. Cada vez que despierto bañado de sudor me digo que ha sido una pesadilla, me calmo, pero es inevitable recordar algo que años atrás, fue sido demasiado real.

Día 11

El taxi en el que venía de Barranco chocó y me hice un corte en la cabeza. Mi brazo izquierdo quedó adolorido. El dolor lo sientes después porque inicialmente con el susto ni te das cuenta de que estás sangrando. El conductor que nos chocó estaba medio ebrio y encima salió a hacer escándalo. Le metió un par de cachetadas al taxista. Después se calmó sin inmutarse al ver los daños de su auto, extrañamente encendió el motor e hizo como que se iba. Me bajé del vehículo e increpé al tipo. "Tú no te metas, cabrón", me dijo. Era mexicano y me enfureció que en mi propio país alguien me quiera hacer una cagada así. "Bájate del auto", grité y él salió del auto e ignorándome le dijo al taxista que le daría veinte dólares por el choque. Sacó un billete de su bolsillo. "mexicano, maricón", le grité y me fui encima de él tirándole un puñete. Estábamos trenzándonos a golpes cuando llegó un patrullero. Los transeúntes salieron a mi favor declarando que el "señor pituco" (el mexicano) le estaba pegando al "cholito" (el chofer del taxi) y que el "chino" (yo) me había metido a defender al taxista que, por cierto, había visto antes en la misma esquina del boulevard donde suelo tomar el taxi para volver a casa.

El "pituco" no se resistió al arresto, pero estaba tranquilo. Lo miré bien. Tenía cara de ser ejecutivo de banco o empresario. No me había percatado lo corpulento que era, me llevaba una cabeza de altura. Revisaron el auto del mexicano y encontraron una pistola. ¿Por qué no usó el arma para defenderse o, al menos, para amedrentarme?

Nos llevaron a todos a la comisaría de Barranco. Cuando llegamos le dije al capitán que mi tío era teniente de la policía y le pedí por favor que me dejara hacer una llamada. Iba a joder bien al mexicano. Llamé al celular de tío Lucho y él me aseguró que de inmediato se pondría en camino. El taxista decía que el "gringo" (se refería así al mexicano) lo había agredido y que se había pasado la luz roja. Eso era suficiente para embarrarlo. Después declaré yo y corroboré la versión del taxista. Cuando llegó el turno del mexicano, este no quiso hablar sobre lo que había pasado con "esta bola de pendejos", dijo que prefería esperar a su abogado. "Ah, eres bacán", lo encaró un policía con sorna. Los demás policías se rieron y le anunciaron que si no hablaba lo iban a encerrar hasta el día siguiente. Según el mexicano, no había ningún problema (es un cojudo pensé). Tío Lucho se identificó al llegar y después de hablar unos minutos con el capitán nos fuimos. "Gracias, chino", me dijo el taxista al salir. Mi tío me acompañó a la clínica San Antonio.

Día 10

Hoy cobré mi liquidación. Menos de dos mis soles que no son ni ochocientos dólares. Después de hacer efectivo el cheque en la ventanilla del banco me fui a San Isidro a pagar mis tarjetas de crédito y a entregar cartas de cancelación. Cancelé el celular que estará activo solamente hasta fines de mes. Por la tarde busqué al taxista de mi barrio que siempre llega como a las cuatro y descansa hasta las seis en su casa. Justo lo agarré cuando salía a trabajar. "Toma. Ya no voy a tomar taxi nunca más", dije y le alcancé un billete. *"Gacias, jefe. Ute es un cabayeio e a 'utamade. ¿E va al etanjero, jefe?"*, me preguntó y agarró de sorprendió. "Quizás", le contesté, dándole una palmada en el hombro y me fui. Lima oscurecía y empezaba a lloviznar.

Karla vino por la noche y le conté sobre la pelea que tuve. Para ella estuvo bien que defendiera al taxista, pero no tenía que resolverlo a golpes. Karla es siempre así, todo lo resuelve hablando y yo a golpes.

Mi viejita cocinó lomo saltado (mi plato favorito) y mi hermano nos sorprendió porque vino a almorzar. Papá estuvo callado hoy, algo atípico en él porque siempre que viene de visita, desde que se fue hace años, cuenta chistes y anécdotas. Mi hermano y mamá conversaban animadamente con Karla, yo salí al patio trasero para fumar un cigarro. Papá me siguió. Le ofrecí un cigarro, pero el sólo quiso dar una pitada del mío. Me preguntó si estaba molesto con él porqué cierta vez no me había apoyado con un negocio de venta de ropa y electrodomésticos de contrabando que quería traer de la frontera. Estuvo bien papá, le dije. Primero porque no sé nada de electrodomésticos (ni de ferretería) y segundo porque las megatiendas de hoy están llevando a la quiebra a medio mundo.

Papá sugirió darme un dinero, pero le dije que no. Igual me dio trescientos dólares "para el viaje". Iba a decirle que no, pero insistió. Lo guardé en el bolsillo y no puede evitar pensar que mis padres y mi hermano estaban en mejor posición que yo. ¿Existirán clases sociales dentro de una misma familia? Sonreí.

Día 09

Tío Lucho llamó a la delegación de Barranco para recoger la denuncia que pusimos. El examen de alcoholemia del mexicano salió negativo. ¡Pero si el tipo olía a alcohol desde un metro de distancia! El capitán que estaba a cargo de la estación salió de vacaciones por órdenes de arriba. De la pistola no consta nada en el parte. Tampoco hay versiones de ningún testigo. El taxista se ha retractado y asegura que cuando declaró estaba nervioso y se expresó con cólera, pero "en ningún momento, el señor mexicano me agredió. El turista tuvo que defenderse porque mi pasajero, que estaba ebrio, quiso golpearlo". Lo más sorprendente era que tampoco figuraba nada de la luz roja. El taxista se culpa del accidente porque se durmió un segundo al cambiar la luz del semáforo. De acuerdo al parte policial, el empresario mexicano de nombre Plutarco Martínez Lora prefiere no hacer ninguna denuncia, ya que todo ha sido un incidente fortuito y no quiere perjudicar al humilde taxista ni al violento pasajero que lo agredió.

Sesenta días para abandonar el país

Día 08

Esta mañana fui a un cibercafé y le escribí a Jacinto, un amigo del barrio que se fue a Estados Unidos hace varios años para averiguar cómo era la cosa allá en los *yunaites*. Con Jacinto solíamos bromear usando frases rebuscadas tratando de aparentar ser muy cultos y refinados: es un problema enmarañado, sería loable hacer esto, te quedaste impertérrito; él era muy bueno con las palabras, leía mucho a Vallejo, a Heraud, y a Arguedas.

Por imbécil le pedí a Jacinto que me contara cómo llegó a los Estados Unidos. A ver, pues, hazme un poemita, hazme llorar, le dije. No sé por qué le pregunté. Quizás quería sentirme bien, porque yo no cruzaría ninguna frontera, quizás quería alardear de que tenía visa y el pasaporte sellado (como mi destino). Al terminar de escribir el correo apreté la opción de enviar y el mensaje cruzó el continente. Por un instante pensé en detener el correo, pero las palabras *mensaje enviado* me indicaron que ya era demasiado tarde y no me quedó otra alternativa que cerrar la sesión. Se me ocurrió que tal vez, por esos caprichos que a veces tiene la vida, el mensaje no llegaría a sus manos o que Jacinto ignoraría mi correo y lo borraría como muchos hacen (hacemos hoy). Decidí no pensar más sobre el tema y me fui a casa.

Por la tarde volví a Miraflores para comprar ropa e ir al cibercafé para hablar con mi primo Ernesto. Estuve en la cabina de Internet unas horas revisando correos y sentí alivio al no tener ninguna respuesta de Jacinto. Mejor. Así iba a tener tiempo de poder inventar una buena excusa para justificar mi impertinencia. Me demoré más de lo usual en escribir el E-mail. Quería coordinar a la perfección lo de mí viaje, sobre lo que debía declarar en el aeropuerto de Miami, y algunas dudas sobre mi paradero final: Virginia. Estaba por apagar la computadora cuando recibí un correo de Jacinto. Primero sentí un sobresalto, pero al leer las primeras líneas sonreí, pues supe que aún recordaba nuestras bromas:

Hola Gerardo. A los años, amigo. Me encuentro alborozado de recibir misiva tuya. Mi alegría es inconmensurable por saber de tan distinguida persona. Oye huevón, hablando en serio. ¿Quieres saber cómo llegué?

Tendría que contarte en capítulos (ja ja) pero te haré un resumen. Yo no pasé por ningún puente de control escondido en un tráiler, entre lechugas y tomates. Tampoco crucé ningún río (recordarás que no sé nadar). No hermanito, yo crucé por un tubo de desagüe inmenso desde el borde mexicano. Éramos un grupo de seis y entramos de pie sin ningún problema, al parecer cruzar la frontera podía ser fácil ya que avanzamos un largo tramo donde había agua, aunque esta nos cubría los zapatos a lo mucho.

Así que caminamos a paso ligero bajo las órdenes del Coyote, que traía un bulto en la espalda. Después, el nivel del agua subió casi hasta las rodillas y nos asustamos, pero nuestro "guía" dijo que sólo nos llegaría hasta esa altura y así fue. Un olor, como a mil heces juntas se filtraba por nuestras narices. Estaba oscuro y había eco cuando el Coyote hablaba; él prendió una antorcha, le dio a cada uno un palo rociados de gasolina. No entendí por qué todos necesitaríamos antorchas, pregunté el motivo y su respuesta fue simple: por las ratas.

En el siguiente tramo sentimos los primeros chillidos de las ratas, que como criaturas hambrientas se aproximaban quejosas. Las antorchas cumplían su cometido y las espantaban, pero con el brillo violeta-naranja de las llamas podíamos ver sus ojitos rojos y traicioneros alrededor de nosotros. Saltaban las hijas de putas y chillaban como si tuviesen tristeza y hambre, como si quisieran comernos hasta el alma, yo movía la antorcha, sentía un cosquilleo en mis piernas, me sacudía. No sé si era mi imaginación, pero creía tener una rata en la pierna, entonces gritaba agitando la antorcha para darme valor, pero las ratas como hienas diminutas y hambrientas chillaban más fuerte aún y sus ojitos rojos miraban desde varias direcciones.

"Ay", gritó una de las personas que iba con nosotros, una señora gorda, algo mayor. "Me ha mordido una rata", dijo angustiada y cayó al suelo. Empezó a sollozar y se detuvo de golpe, "no puedo más, no puedo caminar".

El Coyote le quitó la antorcha y reprendió a la señora, "Vieja pendeja, si se queda aquí, las ratas no le van a morder, se la van a comer toda. O corres o te chingas, cabrona". Otro compatriota que iba conmigo empezó a empujar a la señora, animándola y cada vez que se quería caer, la sostenía de los hombros mientras yo iba con dos antorchas como un malabarista de circo, haciendo círculos para ahuyentar a las malditas ratas. Estuvimos un rato así y la señora seguía llorando; y el Coyote advirtiéndole, "Órale cabrona o te callas o horita mismo te dejo aquí". La señora se calló y el resto del grupo no dijo nada. Continuamos nuestra marcha en medio de excrementos, restos de comida y agua pestilente. Respirábamos por la boca según indicó el coyote para evitar el vómito, a algunos les funcionó, a mí no. Arrojé al menos dos veces y sentí que se me vaciaban las tripas.

Avanzamos un trecho más, llegamos al final del tubo y vimos claridad. Nos alegramos. Salimos removiendo la maleza a un descampado, algo así como un *camino de matorrales ralos y árboles grandes más allá, tras lo cual se veía un pueblo. ¿Era eso Estados Unidos?*

Alguien tuvo la ingenua idea de preguntar y el Coyote sonrió. Ya le habíamos pagado y se aseguró de mostrarnos la pistola que traía en la cintura. "Allí nomás está el primer pueblo gringo. Esperen a que oscurezca y crucen el camino como si fuesen del pueblo y ya estuvo".

¿Cómo cruzaríamos? Todos lucíamos peor que pordioseros. Tendríamos que hacerlo de noche.

"Pero usted nos iba a hacer cruzar hasta suelo estadounidense", dijo otro del grupo. El Coyote callado, sacó la pistola que llevaba en la cintura y retrocedió y se metió al tubo de concreto. "El primer pendejo que me siga lo chingo de un balazo. Allá está su pinche Estados Unidos", se mofó señalando al pueblo y desapareció.

¿Qué crees, Gerardo? Cuando se metía, miré sus ojos: eran medios marrones claros o plomos tal vez; pero ¿sabes qué? tenían el mismo brillo que el de las ratas. Luego anocheció y nos escondimos. Estuvimos dos días en el tubo, porque a toda hora la policía gringa vigilaba el lugar. Tuvimos que aguantar con dos botellas de agua y galletas, usando el tubo como vivienda y cagadero a la vez. Recién a la tercera noche (muy oscura y sin luna) pudimos cruzar. A la señora gorda —que por cierto tuvo fiebre los dos días— creo que la atraparon mientras corríamos, pues nunca más la volvimos a ver.

¿Ya estás contento, morboso? Así crucé la frontera. Te escribo luego. Estoy en la biblioteca y ya van a cerrar.
Cuídate Gerardo y suerte,

Tu pata Jacinto.

Me levanté del asiento a prisa. Fui al baño y me arrodillé frente el inodoro. Mientras vomitaba y sentía un sudor frío, afuera la transitada avenida Larco me esperaba con las puertas abiertas, con sus luces alegres y tiendas elegantes para que me comprase ropa adecuada, de moda, y disfrutar así un placentero viaje en avión gracias a mi puta visa.

Me lavé la cara y no bien salí a la calle compré goma de mascar y una botella de agua. Caminé por la avenida Larco. Las ganas de probarme ropa bonita para el viaje desaparecieron. Aunque no tenía deseos de comprar nada, tuve que hacerlo (debía aparentar ser turista según Ernesto).

Sesenta días para abandonar el país

Llegué a casa como a las cinco de la tarde y mi viejita me dijo que me llamaron de un banco, "sobre un trabajo", me sobresalté. ¿Sería mi amigo del Intercontinental? Pregunté a mi mamá de qué banco. Ella dijo que era un banco extranjero (no le habían dicho el nombre porque era confidencial) que recién iba a abrir acá. Mamá dijo que era mi día de suerte, que el señor que llamó no fanfarroneaba. "La voz del señor sonaba importante pero graciosa, como esos mexicanos adinerados que salen en las novelas".

Quisiera despedirme de mis amigos y mi familia, pero pienso que si abro la boca las cosas no se realizarán. No quiero que me pase lo que a la vecina Margarita Se fue el año pasado e hizo un fiestón que parecía fin de año. Harta cerveza, comida y rumba. Bailaron hasta que salió el sol y una veintena fue a despedirla al aeropuerto. No ingresó nunca a los Estados Unidos. La regresaron del aeropuerto de Miami. Después intentó ir por tierra y la deportaron de México (eso sí, trajo una virgencita de Guadalupe y unos CD's de rancheras de Jorge Negrete y Pedro Infante). Hasta ahora está intentando viajar y dice que ahora sí se va pero que ya no hará "mucha luz" porque le da la saladera.

Fui a ver una peli al cine Pacifico con Karla y a comer hamburguesas. Hablamos del futuro, de los planes, ella no sabe qué hacer ahora que está sin trabajo y cree que es su culpa también y que sería más fácil optar por otro trabajo como la gran mayoría que egresa de periodismo. "Quizás tengas razón, Gerardo", dijo. Estos días ella estuvo llamando a algunos conocidos, pero no salió nada. La china Patty (la que va todos los sábados a la disco y al Karaoke) quedó en llamarla si sabía de algún trabajo. Ella tiene buenos contactos y parece que esa es la única manera de conseguir un buen empleo.

Hoy tuve el consuelo de saber que puedo gastar algo de dinero en el cine e ir a comer sin pensar que debo esperar a fin de mes para volver a salir. Ya no habrá fin de mes, ni salario, ni nada. En una semana me largaré lejos de aquí.

Día 08

Un día tranquilo. Karla vino a almorzar y luego fuimos a tomar una cerveza a Miraflores. Quedamos en que ni bien juntase dinero, mandaría su pasaje para reunirnos en Virginia. Quiero trabajar duro y ahorrar para poder alquilar un departamento pequeño allá.

Sesenta días para abandonar el país

Luego de las cervezas paseamos por el malecón y cruzamos el Puente Villena. La tarde estaba soleada y la brisa fresca. Yo siempre suelo hablar mucho cuanto tengo unas cervezas encima, pero esta tarde estuve callado y apenas miraba las olas reventando inútilmente en los peñascos. Inútilmente como mis ideas para aferrarme a Lima.

Cuando oscureció acompañé a Karla a su casa y luego en un taxi me regresé a la mía. Ahora que escribo, recuerdo que esta madrugada mi celular sonó dos veces y cuando contesté me colgaron. Me quedé dormido y al rato volvió a sonar, pero me daba flojera contestar; el teléfono no paraba de sonar y contesté pensando que podía ser Karla, tal vez tendría insomnio y necesitaba hablar. Pero no era ella. Alguien me dijo: "Ésta me la pagas, cabrón" y colgó.

Día 07

Llamé a tío Lucho para contarle lo de la llamada. Según él debía calmarme. Podía irme a su casa unos días. Aduje que andaba atareado. Al final le conté del viaje no sin antes pedirle discreción.

Tío Lucho va a mandar un patrullero por casa a varias horas del día. Me aclaró el panorama: el auto que nos chocó es de un empresario. "Es de Tijuana y ha tenido arrestos por tráfico ilícito de drogas. También tiene muchas salidas del país. A Panamá, España Holanda y Estados Unidos".

Le pregunté a mi tío qué tan peligrosa era la situación. Me dijo que no creía que el mexicano fuera a exponerse a tener más arrestos que entorpecieran sus negocios. Dijo que por una tontería no iban a buscar problemas. "Ellos saben que la policía los sigue, pero no los van a arrestar así nomás, sin pruebas. Como saben que los vigilan siempre evitan los problemas innecesarios. Por si las moscas, mandaré un patrullero".

Quise saber cómo era dable que el mexicano tuviese mi nombre y mis teléfonos. Tío Lucho me respondió -con algo de vergüenza- que fácilmente podría haberlos conseguido en la comisaría.

Día 06

Después de caminar por Miraflores, fui a dejar a Karla a su casa en Chorrillos. Le dije que iría un rato a Barranco. Quería tomarme unas cervezas solo. Aunque lo entendió sé que no le gusta mi soledad porque me abstraigo y a veces me da la "pensadora".

Después de la tercera cerveza me puse como siempre: necio y depresivo. Busqué en el celular los números de algunos amigos para llamarlos, pero me desanimé de inmediato. Decirles "me voy" era sólo dar pie a que me pregunten: "¿Por qué no me dijiste? ¿Y cómo así te vas? ¿Qué harás allá? ¿Limpiarás letrinas o harás hamburguesas grasosas? ¿No que ibas a ser ferretero? ¿Y tú viaje a Taipéi?"

Yo solamente quiero conversar de lo que sea –de cualquier cosa menos de mi viaje– y tomar cerveza. Marqué el número de Marite y mis dedos tamborileaban en mi barbilla porque no sabía lo que le iba a decir. Era casi la una y pensé que no contestaría, pero lo hizo. Le pregunté si quería hablar. Se excusó diciendo que ya estaba en la cama "bien calientita", pero le agradó que la llame. Si telefoneaba mañana podríamos ir a donde yo quisiera. "Estuviste perfecto el otro día. Besito. Me voy a dormir", dijo Marite y colgó. ¿Qué carajo estoy haciendo?

Pedí la cuenta en la barra y guardé mi billetera. En la puerta encontré al taxista que chocaron y defendí. "Eres un cobarde", le grité y cuando estaba por lanzarle un golpe, varios de sus compañeros de labores salieron al frente a insultarme (uno tenía en su mano una herramienta enorme). El taxista me miró avergonzado: "chino, tengo tres hijos…el auto no es mío y el mexicano me está arreglando el auto…tengo que parar la olla". Me fui mordiendo mi rabia por el boulevard mientras el hombre me ofrecía llevarme por dos soles. "Te cobro la gasolina nomás, chino". Preferí caminar hasta el otro lado de la avenida.

Día 05

Hablamos con mi padre en su pequeña oficina contable sobre el dinero que parece ya perdí a manos de la señora Díaz-Cassiano. Me preguntó qué me dolía más de todo esto. Le respondí que, obvio, el tema del dinero. "Si crees que vale la pena amargarse por cuatrocientos dólares, adelante, anda a protestar y pelea. Si te pones a pensar, cuatrocientos dólares es un precio barato para lo que te ha enseñado la vida: ser cauto, poner por escrito todos tus derechos y obligaciones. Hay gente que pierde una casa, un matrimonio, o su familia por no aprender de sus errores. Creo que tus cuatrocientos dólares están bien pagados para hacerte hombre en esta vida, donde sólo sobrevives si sabes esquivar a las hienas. ¿El dinero lo es todo para ti?", me preguntó el viejo. Le dije que nunca más hablaría sobre el tema, sino que me reiría. "Bien", me dijo y alistó las piezas de la mesa de ajedrez. "Juguemos una última partida", propuso él y le dije: "Las que quieras, viejo. Las que quieras".

Día 04

He decido no angustiarme por dinero ni por todo lo que está mal. Estuve molesto por lo de la señora Díaz-Cassiano. Decidí acabar este problema. Iba a ponerle fin a esto de una buena vez. Tomé el bus para Miraflores y pensé bien lo que le iba a decir sin tener claro qué palabras usaría. Al llegar a la avenida Shell bajé en la esquina para dirigirme al edificio en el cual iba a vivir con Karla. Después de todo no está tan lindo, pensé.

Sentí mi corazón agitarse apurado al subir las escaleras hasta el segundo piso. Una vez frente a la puerta toqué el timbre, pero nadie salió (para variar). Toqué una vez más y lo mismo. Golpeé la puerta sin hacer mucho ruido. Y una vez más sentí la respiración de la anciana tras la puerta. No me aguanté más, porque prefiero que las burlas me las hagan en mi cara y no que me agarraren de cojudo. "Señora, yo sé que está allí. Ya no quiero el dinero". Hubo silencio. "No vine por el dinero", repetí y por un rato pensé que seguiría en mi monólogo, pero ella me respondió confundida: "¿Y entonces a qué cuernos ha venido? ¿Qué quiere de mí?"

"Vine a decirle adiós, no quiero que me devuelva mi plata. Guárdese el dinero donde no le quepa el sol", dije y me fui. Bajé las escaleras agitado y una vez que gané la avenida diagonal me confundí con los transeúntes, riéndome como un enajenado. Cuando volteé vi a la señora Díaz-Cassiano mirándome desde su ventana, escondida detrás de la cortina y grité: "donde no le quepa el sol" y le mostré el trasero. Los transeúntes me miraron sorprendidos y luego de acomodarme al pantalón a la carrera me alejé porque venía un vigilante del Serenezgo.

Día 03

Fui a despedirme de la familia de Karla. Estuvimos tomando unas cervezas con su padre. El papá de Karla estuvo en Estados Unidos en los años 70 y dijo que hay muchas oportunidades. Si uno se esfuerza, porque hay bastante trabajo. Yo no veo las horas de subirme al avión. Lo digo por la angustia del viaje, por el mexicano que telefonea para joder como si le debiera. Esta mañana llamaron de un teléfono público (se escuchaban voces y ruidos de autos). "¿Estás asustado?, pendejo", me preguntó una voz. Llegué a decirle que se fuera a la *granputa*. Escuché una carcajada. "Se están divirtiendo", me dijo tío Lucho cuando se lo conté. Él me asegura que estaré bien, que el patrullero pasa por la casa do veces al día. "No contestes ni te hagas el macho —agregó—, pero recuerda: a estos huevones en las cárceles no los toca nadie".

Por las noticias sé que las cárceles de Lima albergan a traficantes, no sólo de México sino de Colombia. En la televisión abundan los reportajes a chicas extranjeras bellísimas que pagan condena por querer llevar droga como "burriers". En Lima ya han ocurrido algunos ajustes de cuentas. Un par de policías han muerto por querer extorsionar a los traficantes. No puedo negarlo: estoy algo asustado y antes de salir a la calle miro a los costados. El patrullero que prometió tío Lucho lo he visto pasar por el barrio y estacionarse en la esquina por diez minutos.

De noche, al volver a casa, apagué la luz del cuarto y tras cerrar la cortina de mi cuarto, miré por la ranura. Sólo había un borrachín en la calle y un perro, más allá, ladrando a un desconocido, que asustado, se alejó de prisa. Un auto pasó a toda velocidad dejando una estela de humo. *El Muelle de San Blas* de Maná escapaba desde el interior del auto y sus notas se detuvieron en el aire unos segundos. No quiero ser como aquellos tipos que se van y no regresan. Ni en el peor de los casos desearía volver como Ulises luego de tantos años, o no volver como aquellos que dejan a una mujer esperando eternamente tejiendo una excusa, una historia, una bufanda.

La canción y el auto desaparecieron para dar paso al preocupado silencio de la noche.

Día 02

Salí a caminar y sentir la adrenalina de Lima por última vez. Estuve en Barranco: el Puente de los Suspiros en donde recitaba, según dicen, el poeta Heraud; el boulevard, donde he tomado cientos de cervezas y he escuchado a varias bandas: La Sarita, Los Mojarras, Leuzemia, Por hablar, Mazo. Conozco estas calles desde adolescente cuando el cabello me caía por los hombros y deambulaba por la casa de Vargas Llosa creyendo ilusamente que algún día lo encontraría.

Prendí un cigarrillo y fumé ávido. Tras las bocanadas al cigarro y los arabescos del humo divisé el rostro de Karla y pensé en tantos lugares comunes y cómplices: el mirador, el mar. Aspiré el olor de la brisa barranquina y recordé su perfume y el olor delicioso de su piel que quisiera capturar en un segundo eterno.

Caminé por las calles, viendo las luces de neón de los bares mientras sorteaba las botellas vacías de cerveza y la gente que reía eufórica. Alguien en algún lugar lloraba, y yo hipnotizado por la bulla de los cláxones, y el olor a mar y neblina, mezclándose con la furia de la noche. Avancé autómata, casi arrastrándome, embrujado por la pleamar de la costa que parecía desbordarse sobre mi alma. Y así, como tantas noches, y por última vez, vagué solo por la ciudad.

Día 01

Horas antes de subir al avión, Karla estaba recostada a mi lado. Hoy hicimos el amor por última vez y lloramos. Nunca había llorado mientras hacía el amor. Pensaba que hacerlo solo implicaba sonrisas y goce. Ahora sé que puede ser también una promesa, un pacto de volvernos a ver, un trato para no dejar que esto muera. Mientras hacíamos el amor, podría jurar que en la oscuridad veía sus ojos oscuros, francos, y me imaginé un segundo sin ella. La angustia me causó ese pavor que se siente cuando alguien se va o un ser querido muere.

Nos abrazamos y apenas hablamos. Nadie me ha dado más aliento en este mundo. Su voz y su calor han estado todo este tiempo luchando conmigo, con mis demonios. Ella me ha visto en el fango y sabe, como nadie, que, aunque actúo como un animal frío e indolente, solo finjo por temor a sentirme vulnerable.

En algún momento de la madrugada caí dormido en sus pechos y no recuerdo más. Cuando desperté empezaba a amanecer. Sentí la tibia piel de Karla junto a mí y pasé mis manos por sus ojos, había llorado mucho y en silencio.

Me alisté rápido para ir al aeropuerto. Desayuné apenas un café. No tenía apetito. Subimos todos en el auto del viejo y fuimos en silencio como cuando uno ha cometido un error y alguien no se atreve, por amor, a decirte la verdad: "la cagaste toda", o peor aún: "no la hiciste en tu país".

Mis viejos no dijeron palabra. Mi hermano dijo apenas dos o tres monosílabos, pero no supe si les hablaba a mis padres o a mí. Karla y yo nos miramos mientras veíamos pasar la avenida Javier Prado. Cuántos días, meses, años transcurrirán para que un día podamos volver a ver juntos estas calles. Nada me asegura que volveré pronto

—y así volviese— no seré la misma persona pues estaré más viejo, más exitoso o más frustrado, quizás calvo y con el vientre salido. Podría volver al país después de amasar fortuna y allí las puertas se me abrirán: pase usted Don. Pienso que sería peor, porque ya no disfrutaría estas calles como cuando las recorres a pie. Sé que podría arrepentirme toda mi vida de haber dejado mi país. Podría alienarme, y hacerme el gringo olvidándome palabras tan sencillas como *mesa* o *microbús* o pretender no recordar dónde queda la avenida Larco o la avenida Brasil.

Llegamos al aeropuerto en menos de una hora. Quedaban apenas de una a dos para que una historia acabe por siempre y otro empiece. En el mostrador de la aerolínea respondí como un autómata: ¿sí voy a Estados Unidos?, sí, sí, sí. Llevo una sola maleta. ¿Mi pasaporte?, sí, sí, sí. Aquí está.

En inglés y en español anunciaron que el avión DC911 con destino a Miami salía en una hora. Debía abordar. No sabía si abrazar a Karla y luego a mi madre, o al revés. Me daban ganas de abrazarlos a todos, que me forzaran a quedarme. Es allí cuando quieres un milagro. Una llamada de último minuto. Que el animador de un *Reality Show* se aparezca con sus cámaras y resuelva tu vida: aquí está el auto que querías y el dinero que necesitas para empezar ese negocio anhelado. ¡Soñar no cuesta nada! pensé que alguien de ese *show* de TV leía la carta que nunca había escrito: no quiero largarme del país; tírame una cuerda para aferrarme a mi país.

Papá me abrazó sereno, mi hermano igual. Ellos se aguantaron el llanto. Besé por última vez a Karla, y en sus ojos ya surcaban esas diminutas y odiadas gotitas tibias que llamamos lágrimas.

Abracé a mi madre y la besé con toda la ternura que pude (que por estos días era escasa). Me miró como hace mucho no lo hacía, como cuando tenía seis años y le decía: "*Ma, ¿por qué lloras?*", y ella mintiéndome para no preocuparme: "de felicidad". Nos abrazamos hasta que volvieron a llamar a los pasajeros.

Caminé hacia la puerta de abordaje sin mirar atrás porque me convertiría en piedra, y pese al temor lo hice, y vi a las cuatro personas que más amo. Tenían rostros afligidos como si despidieran a alguien que acaba de morir, como si estuviese por meterme, no en un avión, sino en un ataúd con alas. Mi madre y Karla se abrazaban desconsoladas, dudé un instante y quise correr a darles un último abrazo. Entregué mi pasaporte al empleado del aeropuerto. Me chequearon la visa una vez más. Al pasar la puerta me revisaron con un detector de metales y cuando volteé mi familia había desaparecido. Una pared de metal nos dividía. Me devolvieron el pasaporte.

Mi pasaporte (y mi destino) estaba sellado y me dijeron que esperara en la sala diez para abordar. Quería un cigarro, un libro, una cerveza, o subir al avión y acabar esto de una vez. Quería tener huevos, atreverme, triunfar, pero ¿cómo? Si nunca le había ganado a nadie.

Escuché sonar un celular, pero a mi costado nadie se inmutó. Tenía conmigo el celular que en unos días más no serviría. Tenía que ser Karla la que llamaba. Contesté ansioso: "¿Mi amor?" Era una voz de hombre: "Buen viaje, pendejo. Qué bueno que te vas cabrón, ja ja".

En el avión no hallaba qué hacer, me aburrí, pedí dos cervezas, leí un periódico, traté de ver una película. Conversé con una chica que se sentó a mi costado. Se llamaba Megan y estudiaba antropología en New York. Ella se dirigía a Washington porque su padre (que estaba sentado a mi derecha) tenía negocios allá. Había estado en el Perú dos meses investigando para su tesis. Mientras yo escribía tonterías en una servilleta, Megan lo hacía en una laptop. Ella me preguntó el motivo de mi viaje y dije: soy turista. Debí sonar acartonado porque ella sonrió o al menos me dio esa impresión. Lo dije tan mecánicamente como si me estuviese interrogando y ella no fuese una estudiante sino una oficial del departamento de inmigración.

En Miami, Megan y yo nos despedimos. Pasar por todos los controles fue larguísimo, incluso con una visa legítima y el pasaporte en regla los nervios pueden traicionarte y casi me pasa la factura. Por primera vez he hablado inglés con personas de raza negra, tienen un acento diferente al de los blancos; además, estaban como aburridos, sin interés en escuchar lo que les decía. El pasaporte se me cayó al suelo dos veces y me preguntaron si tenía algún motivo para estar nervioso. No, no, no. Y de nuevo el sudor recorriendo mis patillas y la nuca, y con las ganas de tomar una ducha y después una cerveza y un cigarro; en eso pensaba hasta que la persona que estaba frente a mí me interpeló: "Señor, ¿puede coger su pasaporte por favor? Hay otras personas que necesitan ser atendidas. *Thank You. Next!*

Sesenta días para abandonar el país

Salí del aeropuerto con la ropa adherida al cuerpo como una segunda piel. ¿Cómo se sentirán los que llevan un kilo de droga en el cuerpo?, me pregunté. Ahora sé que si tuviese sólo un porrito de marihuana escondido me cagaría en el pantalón (pensar que alguna vez me ofrecieron llevar droga al extranjero). Un bus rápido llamado Shuttle me llevó al hotel Econoplace. En un inicio me pareció un edificio elegante, espectacular, pero al frente, otros hoteles inmensos de nombre conocido me explicaron a qué se refería Marite cuando hablaba del "pasaje más baratito".

No bien entré en mi habitación puse mi maleta en el suelo. Miré por la ventana. Fumé un cigarro que no pude terminar. Tomé una ducha rápida y con el cabello todavía mojado fui al lobby del hotel para averiguar cómo llamar a Perú. Me tomó cerca de veinte minutos saberlo. Compré una tarjeta telefónica con códigos de barras y números, raspas la tarjeta, marcas esos números y ya está. Cuando le pregunté a la que me vendió la tarjeta cómo llamar me dijo: "*Please, read the instructions*". Tuve suerte pues una latina que trabajaba en el hotel me explicó cómo hacerlo: "Soy americana *but* mis *pedres* son de México", me aclaró.

Le dije a mi viejita que había llegado sin novedades y tranquilo (mentira), que estoy cansado por el viaje (verdad). Me había llegado una carta del banco donde trabaja mi amigo Duilio. El banco me agradecía por enviar mi currículo, pero yo no reunía el perfil y bla bla bla. "Mamá, rompe esa carta y si me llama alguien dile que me fui a la China y que nunca voy a volver. Me voy. Te quiero, viejita, me saludas al viejo cuando lo veas y a mi hermano. Te llamo desde Virginia. Adiós". "Llamó la señora Díaz-Cassiano. Dice que puede devolverte hasta la mitad del dinero. Que la llames". Me despedí de mi madre sabiendo que nunca llamaría a la señora Díaz-Cassiano. Colgué y marqué los números de clave de la tarjeta: "Usted tiene un dólar disponible para llamar", me advirtió una voz robótica que imita a una mujer, un amasijo de sonidos creados por computadora. El celular de Karla timbraba incesante. Colgué y volví a marcar su número y al fin entró la llamada: "¡Karla!", dije. "Amor mío. ¿Cómo estás?", me preguntó. "Miami está lindo", murmuré y cuando quise saber cómo estaba sentí una pausa al otro lado como si algo estuviera mal, "nada, nada", dijo y que no era el momento adecuado para decírmelo, pero era una notica buena. Le dije que quería saberlo.

Sesenta días para abandonar el país

"Gerardo, no sé cómo decirte. Amor, me acaban de contratar en un programa periodístico. El sueldo es bueno". Mis sienes crujieron, Karla lloraba de emoción o de pena, no lo sé. Karla tiene trabajo y yo, en un país donde no hay mucho trabajo, he renunciado al mío.

Virginia (Setiembre del 2001)

Día 0

Llegué a Virginia. Hubo una descoordinación con mi primo Ernesto. Él pensó que yo llegaba directo desde Lima. Estuvo en el aeropuerto Dulles esperando en vano. Llamó al Perú y en casa no había nadie. Hoy, desde su trabajo volvió a llamar a Lima para saber por qué no había viajado y se enteró de que mi vuelo estaba programado para hoy. Pidió permiso en el trabajo y llegó cuando yo ya estaba afuera del Dulles Airport fumándome mi tercer cigarro.

Después de abrazarnos, subí a su auto que se veía muy bien cuidado. El camino era largo y lleno de árboles. Virginia es un campo de golf infinito. Avanzamos por la carretera Centreville Road o 28 Sur, rumbo a su casa. La pista parece nunca acabar y luce nueva como si la hubiesen construida la semana pasada, sin baches, y los autos resplandecientes, muchos de ellos lujosos. No hay ni un papel en la calle. Nadie toca la bocina, ningún carro pasa a otro a la mala. No hay gente caminando en la calle. Eso sí, aquí los carros vuelan, fácil corren a más de cien kilómetros por hora. Antes de llegar a casa de Ernesto, él detuvo su carro en una escuela y vi un bus escolar al que subían niños. Mi primo seguía sin moverse "¿Se malogró el auto? ¿Por qué no pasas al bus?".

Ernesto dijo que cuando hay un bus escolar detenido el tráfico se paraliza y no pueden pasar ni por el costado hasta que el último niño haya subido. Efectivamente, todos los autos se habían detenido, y un niño de ocho años ayudaba a los demás a bajar del bus.

La casa de Ernesto tiene dos pisos, conocí a Luisa (su esposa) y a mis dos sobrinos. Nos abrazamos y dejamos todo sin desempacar. Fumé un cigarrillo con Ernesto. "Te vas a adaptar, loco" me dijo. "Hoy hay que celebrar. Mañana partimos para Nueva York a pasear".

Fuimos a un restaurante mexicano que estaba repleto. Según mi opinión, tienen un modo de hablar gracioso, pero imagino que igual debo sonar yo. Cuando leí el menú no sabía qué pedir: "Burrito de carne o pollo", "Chimichangas", "Quesadillas", "Huevos rancheros", "Menudo". Mi primo recomendó un "burrito de carne", que son frejoles con arroz y carne envueltos con una tortilla que no es otra cosa que una masa de harina y maíz. Sabe bien, sobre todo con ají (chile le llaman aquí). Las dos chicas mexicanas que atendían eran muy altas y sonreían en todo momento. "Del mero Durango", me dijeron a dúo cuando les pregunté de dónde provenían.

Luego de comer fuimos a una gasolinera para comprar cerveza y de allí de regreso a casa de mi primo. Después de una ducha me sentí como nuevo. Estuvimos tomando y conversando hasta que Luisa y mis sobrinos se fueron a dormir. Ernesto y yo nos quedamos hasta la una de la mañana recordando cuando vivió en Lima. No nos veíamos hacía cinco años. Mi primo dice que he tenido suerte ya que mi llegada fue fácil y que no me preocupe de nada. Sé que su llegada fue muy diferente.

Estuvimos escuchando rock en español y cumbias antiguas. Al final, como siempre, quise escuchar algo de Héctor Lavoe. Sus lamentos de guajiro triste me arrullaron y mientras Lavoe seguía quejándose, apareció la esposa de mi primo y me invitó a subir a mi habitación cuando quisiese. Le dije que prefería recostarme en el mueble. Así lo hice y me cubrí con una manta gruesa. Cuando Ernesto se fue a descansar, me quedé en la sala solo, escuchando la canción *Ausencia*.

El viaje a New York se postergó porque unos primos que viven en Fairfax City me invitaron a cenar a su casa. Veo que a Eduardo, Beatriz y Mario les va muy bien, todos son profesionales y vinieron aquí cuando tenían entre cinco y diez años. Están inmersos en la cultura americana, trabajan para el gobierno y manejan unos autos que en el Perú sólo lo tienen los ejecutivos, empresarios o futbolistas.

Cenamos pasta y bebimos vino. Me desearon todo tipo de suerte y me ofrecieron su apoyo sincero, saben que vengo con visa de turista. Parecían preocupados: "ya saldrá algo, primo", "tienes que encontrar tu oportunidad dorada", "quizás el gobierno dé una amnistía", y eso sí, "sé consciente que no todos logran su *American Dream*". Más tarde Beatriz, Mario y yo fuimos a DC a una disco llamada Platinum. El local tiene cuatro niveles y deben caber fácilmente dos mil personas. En un lugar se bailaba salsa, en otro reggae y más allá rock. Veo latinos súper bien ataviados riéndose a carcajadas, sosteniendo botellas de cerveza y tragos en la mano. Lanzaban billetes y tarjetas de crédito como si se tratasen de flores y el *bartender* fuese un torero que cogía con rapidez todo el dinero plástico y los billetes ofrendados.

En los otros ambientes del club sonaba la canción *Better Off Alone* y las chicas bailaban de espaldas a sus parejas rozándoles con las nalgas.

Mis primos se encontraron con unos amigos y pidieron cerveza para todos. Me presentaron a una chica americana-costarricense. Decir que Astrid era guapa, era poco: no muy alta, de cabellos lacios, largos y azabaches, tenía una sonrisa traviesa, de esas que te dan nervios. Era administradora y no estaba casada. Eso sí, hablaba sin parar. Dijo que había terminado con su novio hacía dos semanas. Se le veía bien y no me refiero a lo anímico. Según ella las peleas con el novio se hicieron interminables porque él quería casarse y ella no, a la inversa que en el Perú. Me preguntó si quería bailar, y claro, no me negué.

La música sonaba estridente en mis oídos, prendí un cigarro y ella me pidió uno. Se lo di y le ofrecí fuego. Sonrió alzando los brazos por arriba de los hombros hasta juntar las manos por sobre su cabeza como una diosa hindú.

Mis primos, que seguían conversando a un costado, de rato en rato me miraban riéndose. Cuando terminamos de bailar, Mario se acercó con dos cervezas y me las dio. Antes de sacar mi billetera mi primo me dijo al oído: "sé que no debes tener mucho dinero", luego me dio una palmadita en el hombro. Abrió su billetera, mostrando sus billetes de cien dólares. "No te preocupes por las cervezas, primito. *I am the man*".

Astrid no paraba de gritarme al oído y por momentos no sé de qué hablaba. Algo capté. Dijo que tenía apenas veinticuatro y que si se casaba tenía que ser a los treinta por lo menos. Me causó gracia que me dijese que me parecía un tanto a su ex (físicamente aclaró), aunque yo no parecía tan idiota como él. "Es una broma", agregó. "Las comparaciones son odiosas", repliqué. Como consuelo mencionó que mi mirada era más decidida (de hecho, no me conocía).

Le dije que era una mujer atractiva y que no tardaría en encontrar un nuevo novio. "Ya lo sé", sonrió con garbo y tomándome de la mano me llevó al grupo donde estaban mis primos. Todos hablaban en inglés y yo asentía en todo momento con la cabeza tratando de actuar naturalmente, pero por instantes no entendía nada.

Me sentía cansado pero eufórico, quería olvidarme del propósito de mi viaje. Qué bueno sería estar aquí de vacaciones solamente.

Como a las dos de la mañana, Astrid quiso seguir la fiesta en su casa y le dije que iba a avisarles a mis primos pues yo no tenía auto. "Solo te estoy invitando a ti", aclaró. Ella manejaba y podía dejarme en casa más tarde. Quise no sonar idiota, pero fracasé en mi intento y me disculpé confesando que tenía novia. "No te estoy proponiendo matrimonio. Recién has llegado a América, ¿no?" preguntó sonriendo.

Le conté brevemente lo de Marite y la separación con Karla y de pronto nos enganchamos en una conversación amena sin que ella dejase de mencionar que su exnovio era un tarado, un pendejo, remarcó ella, que todo lo hacía demasiado rápido. "Lamentablemente todo", sentenció con malicia. "Apunta mi teléfono", me sugirió y como yo no tenía dónde escribirlo, sacó un billete de dólar y ella misma lo apunto allí. "Si un día quieres salir a conversar o tomar una cerveza, llámame, nene. Si necesitas una amiga". ¿Y qué dije yo? Dije, *gracias*. Me detesté porque debí sonar tan imbécil como su exnovio, o quizás más. Después de todo, ¿no dice que nos parecemos?

"¿Qué esperas de la vida?", me preguntó ella y me tomó con la guardia baja. Astrid no esperaba necesariamente que hubiese un hombre en su vida para ser feliz. Era profesional y se mantenía sola. "¿Sabes para qué necesito un hombre?" Negué con la cabeza. Se incorporó y cogiendo su cartera se despidió del grupo, me dio un beso sonoro en la mejilla y me murmuró al oído: "Hoy por hoy necesito un hombre sólo para la cama". Me guiñó el ojo y se fue.

Porque estaba de moda, quizás, o porque tal vez lo estaba imaginado volvió a retumbar en las paredes de la disco, *Better Off Alone*. Prendí otro cigarro. A mi lado cientos de personas levantaban los brazos en un repetido ritual como si imploraran al cielo. Por un segundo miré hacia el techo y el humo de cientos de cigarros flotaba como buscando algo allá arriba y poco a poco iba desapareciendo en el vacío. Allá no hay nada ni nadie. Allá arriba nunca hubo nadie, ni lo habrá.

New York

Sesenta días para abandonar el país

Contrario a lo que pensaba desperté temprano. Eran las siete de la mañana y Ernesto no me dio chance de decir nada. "Toma una ducha rápida y alista ropa para dos días", me sugirió y así lo hice. Al rato desayunamos huevos revueltos con pan y café con leche (me sirvieron una porción de la cual podrían comer fácil dos personas). Alisté lo que faltaba para mi viaje (mis CD y algo de dinero), a la carrera subimos a su auto no sin antes despedirnos de Luisa y de mis sobrinos. "Diviértanse", dijo Luisa. Salimos rumbo a New York tomando la carretera 66 y luego la 495 hasta llegar a la 95. Una vez en la autopista Ernesto aceleró a más de cien. Las cuatro vías de la autopista albergaban una columna inacabable de autos, buses y *trailers;* una serpiente multicolor, metálica que se perdía en la distancia. Me ardieron los ojos por tratar de divisar el último auto en la 95.

Todas las pistas y avenidas se parecen. Las salidas están a la derecha, cinco millas hay un puente. En ciertas salidas hay gasolineras, cadenas de comida chatarra y hoteles. Las señalizaciones son idénticas o son muy parecidas y te desorientan y por más que avanzas rapidísimo tienes la impresión de estar en el mismo sitio, como cuando sueñas y, pese a que intentas huir, sigues en el mismo lugar.

En Virginia las carreteras están rodeadas por bosques y más bosques y de cuando en cuando un edificio o una tienda comercial (para variar una cadena) aparecen tímidamente. "Esta autopista va a llegar hasta Canadá", le dije en broma a Ernesto y él me confirmó que sí, que la carretera 95 viene desde Florida (al sur), pasa por toda la costa este: Washington DC, Maryland, Delaware, Philadelphia, New Jersey, New York y termina en Portland, New England (frontera con Canadá).

Para llegar a New York tienes que cruzar Maryland, Delaware y New Jersey. De estos tres lugares me impactó más New Jersey, la ciudad de Newark, porque acoge cientos de fábricas de las cuales emana un humo extremadamente negro y perpetuo que se ha adueñado de una parte del cielo. Dentro de las fábricas trabajan peruanos, bolivianos, ecuatorianos, gente de todo el orbe buscando hacerse un lugar, labrar esa estabilidad que los latinos llamamos futuro. Cada obrero debe ser una hormiguita que bajo el lema del *American Dream* labora silenciosa de día o de noche. New Jersey visto por fuera parece una ciudad con resaca estancada por décadas y rodeado por un río de furia y nostalgia. Y cómo no, pienso; si es la tierra del poeta Allen Ginsberg.

No bien pasamos New Jersey me recosté en el asiento y cerré los ojos. Llegamos a New York antes de las dos de la tarde y nos recibió la prima Dalia en el departamento donde vive con sus suegros. Nos estaban esperando con chicharrones y cerveza peruana. Dalia nos apuró y dijo que en la noche tendríamos tiempo para conversar. Tito, su esposo, nos llevó hasta el río Hudson, de donde se parte en un *ferry* para llegar a La Estatua de la Libertad. Uno se la imagina blanca e inmaculada como una paloma, pero conforme vas acercándote te das cuenta de que tiene un color verde sucio, oscuro, y arrugado como un dólar que pasa de mano en mano; y está atrapada en medio de un río de aguas verdosas también. La estatua, un obsequio de Francia por los cien años de independencia de los Estados Unidos, es lo primero que veían los inmigrantes al llegar en barco. Cerca de la Estatua hay un museo donde están las fotos y valijas de los primeros inmigrantes italianos quienes llegaron prácticamente cubriéndose con una mano adelante y la otra atrás, como yo. En las fotos, los italianos aparecen con ropas modestísimas. Hoy los italianos tienen cuartas y quintas generaciones de Italian Americans; gente que, pese a tener cara de Vito Corleone, no *parla* ni una sola palabra de italiano.

Al regresar a tierra, a un lado del río vi dos edificios blancos y majestuosos: "Las Torres Gemelas", me señaló Ernesto. De regreso, Tito nos llevó al Time Square, esa esquina famosa que vemos en todas las películas donde aparecen anuncios de gaseosas, blue jeans y conciertos en el Madison Square Garden. Esa noche tocaba Santana.

Claro que me tomé una foto allí, como un provinciano lo haría en la Plaza de Armas de Lima. Como lo hizo mi padre cuando llegó a la capital, como los hicieron mis tíos, como lo hiciera mi madre y cientos de miles de provincianos que llegaron un día "al monstruo de un millón de cabezas". Tito nos llevó después por China Town y Little Italy. Luego subimos al Empire State Building, un rascacielos de trescientos ochenta y un metros de altura desde el cual ves la isla de Manhattan que tiene forma de manzana: desde allá arriba, casi junto al cielo, los autos son encendedores de bolsillo y las personas puntos que se mueven y a veces ni los distingues. Puedes ver helicópteros volando debajo, y nubes alrededor. Este edificio literalmente "rasca" el cielo neoyorkino.

Sesenta días para abandonar el país

Llegamos agotados al departamento de mi prima Dalia donde tomamos café y comimos pan con chicharrón. Eran las diez de la noche y mis primos querían seguir conversando. Yo quería ver New York de noche, ir a un bar.

Fuimos en el carro de Tito hasta la avenida Broadway. En la esquina con la calle 53, según Tito, está el famoso teatro. Dimos varias vueltas a un parque y nos estacionamos. Con su carro empujó el auto de adelante e hizo lo mismo con el auto de atrás. "Aquí en New York todo es a lo bestia", dijo Tito.

En el primer bar había un grupo numeroso de mujeres, en el segundo, uno similar de hombres. Mujeres bailando solas, hombres bailando entre ellos como si ellas fuesen fantasmas a los cuales no se les puede ver. Dos mujeres besándose, un moreno bailando con una rubia adelante y una asiática atrás. Tito dice que esos tíos de cuerpo perfecto y atlético son gays. Más allá las lesbianas y por aquí los heterosexuales. Y en el medio estoy yo, una suerte de extraterrestre que aterrizó de casualidad en New York. Percibo una cierta soledad en el ambiente, es algo raro, pero se puede olfatear. Tres chicas que conversaban entre ellas miraban su reloj y fumaban ansiosas. Me acerqué disimuladamente, cuando una dijo gritándole a su amiga: "¿y tú crees que habrá hombres allí?". Dicen que en New York hay tres mujeres por cada hombre.

Tomamos unas cervezas con Tito. En los parlantes sonaba *Still Not a Player* de Big Pun. La canción me atrapó al instante y me animé a bailar solo, pero al rato una chica estaba bailando conmigo. En medio del baile se acercó otra chica y se pone detrás de mí. Me sonríen, una pasa su mano por mi mejilla y después ellas se besan.

Busqué a Tito en la barra. Allí algunas jugaban con máquinas electrónicas sin conversar con nadie, con un cigarro, una cerveza, riéndose solas, dándole un vistazo al celular.

Momentos después de la una decidimos regresar. Setiembre no es un mes tan frío, dice Ernesto, pero en New York corre un viento helado que se lleva las botellas de plástico y los periódicos por el aire. Quiero que el viento de New York se lleve esto que siento aquí en el pecho. Detesto lo que siento en el pecho y no lo quiero.

Antes de subirnos al auto, una hermosa rubia se acercó y abrió su casaca de cuero. No tenía *brassier*, sus pechos firmes y bronceados nos tomaron por sorpresa. *"Where is the party"*, dijo y Tito sonrió: *"We are going home"*. Pensé que allí acabaría todo, pero no: "Llévame a tu casa y sigamos la fiesta", agregó la mujer. Tito se disculpó diciendo que en casa estaban su esposa y su hija. La chica sonrió, pero no era una sonrisa alegre y dijo: *"Ok"*, y se fue caminando en zigzag como evitando chocar caminantes imaginarios. Le pregunté a Tito si esa chica era una prostituta y negó con la cabeza. Le dije a Tito que no podía creer que una chica así estuviese tan sola. Mi primo me pidió un cigarro y se lo di; después de una bocanada me devolvió el cigarro: *"Welcome to New York, man.* La ciudad que nunca duerme".

Por la mañana el suegro de Dalia preparó un desayuno americano (omelette y papas doradas: *hashbrowns*). Los desayunos son simplemente gigantescos e imposibles de acabar en un solo intento. En realidad, sigues comiendo gracias a la sobremesa. Después te sirven otro café y así el plato va quedando vacío. Luego nada es mejor que fumar un buen cigarro en el balcón, pues dentro de las casas —que son de madera como cajas de fósforos— por lo general no se fuma.

A mediodía, al entrar a darme una ducha, un perro casi me muerde. Como el departamento es diminuto y no hay patio, al perro lo encierran en el baño ya que los perros —por ley— no pueden estar por la calle a su libre albedrío. Aquí hasta los perros obedecen las leyes. El perro ladró y con en el eco parecía una jauría.

Fuimos con Tito y Dalia a la Quinta Avenida. Tiendas de lujos, la gente sin un gramo de grasa en el cuerpo. Mujeres de un metro setenta y cinco, y hombres espigados con pinta de actores o agentes de bolsa. Por allí, una que otra mujer un poco más baja de estatura, pero con una presencia majestuosa, todo luce perfecto, tipo cine, como si por estas calles nadie sufriera.

"¿Puedes creer que en esa tienda venden relojes de cincuenta mil dólares?", dijo Tito. La foto de una tenista rusa (no recuerdo quién es) con una raqueta y un reloj de oro con diamantes primorosos me miraba sonriente. Toqué su mano, o, mejor dicho, toqué el frio vidrio que nos separaba.

Conocimos también la iglesia de San Patricio de arquitectura neogótica, eso creo dijo el guía. Nos tomamos fotos en Grand Central Station, la estación del tren donde, creo, se filmaron escenas de películas famosas como *Superman* o *Los Intocables*. Si no recuerdo mal aquí se filmó esa escena en la que Elliot Ness (Kevin Costner) se protege de las balas enemigas cubriéndose con el cuerpo inerte de un delincuente.

Por la tarde nos despedimos de mi prima Dalia y de su familia. Al parecer, no faltó mucho por conocer: el zoológico, el Museo de Historia y el Central Park, que está justo frente a la casa donde vivió y murió John Lennon. Emocionado por la visita me animé a decir: "vamos a volver, pero no sabemos exactamente cuándo". Tito nos ayudó a bajar nuestras pocas cosas al carro y también nos obsequió café del Perú y choclos, el maíz que "una señora *perucha* trae de todo escondido en sus maletas", precisó Tito.

Enrumbamos hacia el Holland Tunnel para salir a la carretera 95 Sur y regresar a Virginia. La 95 tiene un significado intenso para mí: es una de las rutas de Jack Keruoac en *On The Road* a su paso por New York: Newburgh, Yonkers, el río Hudson, Paterson, New Jersey. Sin duda es un camino que a veces quisiera haber recorrido de otro modo porque después que regrese a Virginia el turismo acabará. Yo no he venido a hacer "Cross Country" y recorrer el país como hacen los jóvenes americanos, sino a trabajar como un perro. He venido a dejarlo todo y romperme el lomo, aunque a veces no sé bien por qué ni para qué.

"Primo, me caigo de sueño". Ernesto sonrió: "Duérmete, loco. Vamos a llegar como a media noche. Mañana veremos lo del trabajo que te consiguió mi esposa". Saqué mi CD de Soul Asylum. "Pon la número cuatro", le pedí a Ernesto. El túnel empezó a devorar nuestro auto y a los cientos de automóviles que venían atrás. Saqué un cigarro de la guantera. No sé qué pasará mañana, solo sé que vamos saliendo del túnel, de vuelta a Virginia, un lugar extraño que ahora debo acostumbrarme a llamar casa y que nada de lo que haga, piense o diga va a cambiar mi realidad. No puedo dar marcha atrás, al menos no en un futuro cercano. "¿Qué piensas, huevón?, seguro vas a llorar pensando en tu mamá y tu hembrita, me interrumpió Ernesto. "No jodas, huevón y pásame el encendedor", contesté y nos reímos, mientras el auto salía a toda velocidad del otro lado del túnel y la letra de *Runaway Train* nos invadía y pensé en eso, en que yo había venido aquí con un solo pasaje de ida, pero no de regreso y que encima estaba en el carril equivocado.

Nos levantamos como a las nueve de la mañana y desayuné una barbaridad (me están gustando los desayunos gringos). Ernesto nos dejó en el trabajo de su esposa y se fue a hablar con su jefe para reincorporarse a sus labores.

Hoy tuve mi entrevista de trabajo. Me pareció fácil, me refiero a que las preguntas eran básicas, nada del otro mundo ¿Sabes cómo usar una caja registradora? (tomo el dinero y doy cambio). ¿Sabes cómo usar el fax? (pongo el documento, marco el número y aprieto la opción faxear) ¿Qué harías si un cliente está molesto y te empieza a gritar? (tener calma, el cliente tiene siempre la razón). Después de demostrar que yo era un genio para las ventas solamente me esforcé en disimular mi acento. Me fue difícil articular las palabras en inglés sin hacer muchas pausas para no mostrar que era nuevo en el territorio. Creo que estuve bien. Mi primo ya me había dicho qué papeles me pedirían así que le dije a *la manager* que los traería posteriormente de ser contratado. Mary me preguntó si tenía miedo a nuevos retos y respondí que me gustaban, que era un trabajador incansable con ganas de aprender. Ella recalcó que lo más importante era ser honesto. Era obvio que ella desconocía que no tengo permiso de trabajo ni *Green Card,* ni tarjeta de Seguro Social. A Mary le di la impresión de ser una persona muy segura y entonces soltó las palabras mágicas: "Si traes los papeles que te pedí, empiezas mañana. El puesto es tuyo".

Llené unos papeles y regresé a casa caminando no sin antes fijarme en cómo trabajaban mis futuros compañeros. Tengo trabajo, carajo. ¡Tengo trabajo!

El recorrido se hizo largo, era el único caminando por la avenida. Los carros pasaban a mi lado y me miraban como a un orate, quizás porque reía y gritaba. Justo cuando estaba por llegar empezó a llover. El cielo oscureció y una lluvia inmensa, como el llanto de dios, cayó sobre mí y en un minuto toda mi ropa estaba empapada, mis zapatos llenos de agua. En casa busqué ropa limpia y me cambié.

Al bajar a la sala me encontré con Ernesto que se había dado una escapaba del trabajo para coordinar algo conmigo. Me presentó a un mexicano llamado Raúl, que alquila una habitación en su casa (recién me enteré hoy). El hombre, de pocas palabras, me contó que estuvo unos días en una playa llamada Ocean City. Ernesto le pidió que me llevara a Washington DC para que me "hagan mis papeles". Él asintió sonriendo secamente. Tomamos un café y comimos pizza. "¿Estás listo?", me preguntó Raúl al rato. Tomaba una hora llegar a

Sesenta días para abandonar el país

Washington DC. Nos subimos en su carro rojo, deportivo, algo antiguo. El tipo maneja como si lo persiguieran. Fuimos por toda la autopista 66 Este y en menos de cincuenta minutos llegamos. Hicimos una parada por un barrio llamado Georgetown. Raúl manejaba por entre unas casas antiguas buscando algo: "Quiero mostrarte una casa", dijo. Yo me pregunté para qué quiero ver una casa.

La estructura de las casas, no sé, me parecía haberlas visto antes. "Allí está", dijo Raúl señalando una casa con rejas. Cuando le pregunté qué de particular tenía esa casa volvió a reírse esta vez con fuerza. "Allí han filmado el exorcista", agregó y giró su cabeza a lo Linda Blair. Al frente estaba la universidad Georgetown.

DC es el centro del área metropolitana, lo que sería Lima para mí o el Gran Buenos Aires para un argentino. Tiene edificios de estilo francés. Dice Raúl que el presidente George Washington contrató al arquitecto y masón Pierre L' Enfant para que diseñara la ciudad que hoy lleva su nombre. "Mira", me dijo Raúl, "ese es el Pentágono". Estuve pensando que allí es donde se cocinan todos los temas de inteligencia. El tráfico se puso pesado en un tramo. Pasamos también por un costado de la Casa Blanca, pero no la vi del todo. Fuimos por una avenida larga repleta de taxis, la 14th Street. Raúl hizo una derecha en una calle más angosta. "Aquí es la cosa", dijo él. Pregunté dónde estábamos y me señaló un letrerito que decía Columbia Road. Fuimos hasta el final de esa calle y allí disminuyó la velocidad, bajó el vidrio del auto y empezó a mirar a ambos lados, cauteloso. Paró. La gente nos observaba como quien revisa por primera vez a un enfermo, con cuidado, pero también con sospecha. Alguien miró a Raúl a los ojos. Parecieron entenderse. "¿Papeles?", indagó un tipo acercándose al auto. Raúl afirmó con una leve señal, aunque cuidándose de no hablar. Se estacionó en una paralela a la Columbia Road y antes que bajáramos el tipo ya estaba en la esquina esperándonos. Nos abordó de prisa averiguando por el tipo de papeles que requeríamos. Y Raúl: "Todos". Sentí el sudor en mi frente, por mis mejillas, en el cabello. El tramitador me pidió que escribiese mi nombre completo y fecha de nacimiento en un papel. Lo seguimos a un sitio donde tomaban fotos instantáneas. Me advirtió que en todo momento caminara sin detenerme, sin mirar a ningún lado, y pasara lo que pasara, yo debía caminar como un

Sesenta días para abandonar el país

transeúnte que no le debe nada a nadie. Salimos del local y vimos varios policías. "No mires, cabrón", me ordenó Raúl. De lejos miré de costado a los policías, me di cuenta de que estaban observando con cuidado a la gente que salía de tomarse fotos, a ver si alguien se delataba. Hubo alguien que no pudo evitar mirarlos y parecía nervioso. Dicho y hecho, los policías se acercaron y le empezaron a interrogar. "Se chingó, por pendejo", dijo Raúl. El tramitador nos aclaró que eso les pasaba por pendejos (tontos) y por no hacer caso.

Esperábamos en el auto, y el tramitador se fue calle abajo y desapareció en un edificio aledaño. A los cuarenta minutos estaba de regreso. No estaba solo. Había un niño con él, llevaba una botella de leche y pan en la mano. Disimuladamente se parapetó en una esquina y nos acercamos. Me mostró mi *Green Card*, Social *Security Number* (tarjeta de Seguro Social) y un Identification Document (Documento de Identificación). "Son cien dólares", demandó el tipo y busqué en mi bolsillo y se los entregué. ¡Gastar cien dólares en apenas media hora.

¡" Ya eres residente de Estados Unidos", me dijo el *tramitador* sonriendo y se guardó el dinero. Raúl le preguntó si era de Tepito. "Sí-mon", dijo y empezó a caminar tomando de la mano a su ¿hijo? "Cualquier cosa preguntan por *Alfalfa*", mencionó antes de desaparecer. Le dije que a mí me decían *Culantro* y me quise reír. *Alfalfa* volteó mirándome de soslayo y sus ojos brillaron como una navaja afilada y se fue. "Cállate, *pendejo*", me aconsejó Raúl. Tepito es la colonia (barrio) más peligrosa del DF (Distrito Federal) y quizás de todo México, dijo Raúl.

Le agradecí a Raúl y le di la mano no sin antes secarme el sudor. ¿Él también habría venido a hacer lo mismo? ¿Acaso todo el mundo venía a comprar documentos falsificados a la Columbia Road? ¿Todo el mundo viene aquí? "Si-món", contestó Raúl. Raúl me pareció una persona con estudios, su manera de hablar podía darme cuenta de que había leído. Entonces le pregunté por qué había venido a Estados Unidos. "solo he venido por seis meses. Es muy largo de explicar", fue todo lo que dijo y de allí no volvimos a hablar.

Volvimos después de las tres a casa y mi primo nos estaba esperando. Me dijo que buscara mi pasaporte y nos fuimos al *Driving Motor Vehicles* (DMV), donde se obtienen licencias de conducir y documentos de identidad. Ernesto mostró su pasaporte norteamericano, la señora, una americana blanca y con sobrepeso nos dio un formulario para llenar y volvieron a tomarme fotos (me siento presidiario o quizás estrella de películas serie B en pleno *casting*).

Entregué el formulario y pagué diez dólares, luego esperamos veinte minutos y me entregaron mi ID, un documento que parece una tarjeta de crédito con mi rostro. Este documento es original pero no me sirve para trabajar. Pero como es original, el *Green Card* y el Seguro Social "chuecos", "falsos", "truchos", que obtuve en DC, pueden *camuflarse*. Tengo chance a que crean que todos los documentos son auténticos. "Eso sí, muestra el ID primero. Mañana empiezas tu vida en América, primo. Tranquilo loco".

Mamá dice que la señora Díaz-Cassiano llamó de nuevo inquieta. Le parece extraño que yo no quiera el dinero y ahora dice que no es necesario involucrar a nuestros abogados. La señora insiste en verme. "Su hijo vino varias veces a pedir el dinero del depósito y de pronto ha desaparecido y ya no llama, ¿qué raro no? No quiero problemas". La señora amenaza con volver a llamar porque "los Díaz-Cassiano somos gente decente".

Mi primer día de trabajo fue curioso, por decirlo de algún modo. Pese a que estoy con la lengua afuera como un perro vago en verano, me siento feliz porque tengo trabajo. Estuve nervioso cuando mostré mis documentos, aunque lo disimulé diciendo que estaba emocionado por el trabajo y la responsabilidad. Mary me indicó lo que tenía que hacer: "pones todo lo que la cajera vende en una bolsa y se lo entregas al cliente diciendo *Thank you for shopping at Goodmart*. Si un cliente tiene muchas bolsas o compra, digamos, cuatro sillas, debes ayudarle a llevar todo hasta el auto". Las primeras horas debo mirar y aprender de mis compañeros porque aquí en Goodmart todo el trabajo es en equipo. "Team Work, Gerardo", concluyó Mary y me sonrió. Definitivamente era un buen día.

Al medio día tuve treinta minutos para tomar mi refrigerio. Compré una hamburguesa de un dólar y una gaseosa para almorzar. Desde que fui a comprar y me senté a almorzar ya habían transcurrido veinte minutos, así que me embutí el resto de la comida y volví a la caja registradora para ayudar a la cajera. Aquí te contabilizan cada minuto y te pagan por hora trabajada. Si llegas cinco minutos tarde te los descuentan, me advirtieron tanto Ernesto como Mary.

Sesenta días para abandonar el país

Después del *lunch,* que los latinos dicen *lonchear,* estuve colocando la mercadería en bolsas junto a Blanca, una chica salvadoreña. Yo sonreía pese a que me confundía sobre lo que debía decir: *"Thanks you for Goodmart", "Thanks Goodmart Shopping", "Thank You, Thank You, Thank you"* y otras frases sin sentido, estaba ansioso. Pero cómo lo alientan a uno en el trabajo. La jefa no dejaba de animarme con frasecitas como estas: "muy buen trabajo", "excelente", "está perfecto. Sí, pon todo en esa bolsa. Muy bien". Como yo estaba algo afanoso les decía a los clientes: "Es mi primer día", y más de un cliente me contestaba: "buen trabajo", "felicitaciones", "para ser tu primer día estás muy bien". Yo trataba de sonreír, iba a ganar seis dólares por cada hora trabajada. En cuarenta horas, haría 240 dólares semanales. Si trabajaba cincuenta horas (Mary dice que puede darme más horas si soy buen trabajador) podría sacar hasta mil dólares al mes. Y recién tengo un par de días en Gringolandia.

Después me conseguiré otro trabajo en la noche para hacer otros mil dólares. Pienso llenar una valija de dólares y llevarlos al Perú. Voy a meter más dólares en los bolsillos, en los zapatos, en el calzoncillo y, si puedo, también en las axilas; aunque camine como un soldadito de plomo con los brazos pegados al cuerpo. En el Perú seré recibido con honores por haber limpiado el mismo inodoro mil veces, como solamente lo puede hacer el más experto limpiador de retretes. Entonces me premiarán por haber repetido de manera infinitesimal, *"Thank you for shopping at Goodmart".*

A eso de las cuatro de la tarde limpié los baños, las ventanas del frontis, boté la basura en un tacho y fui a arrojarla a un contenedor inmenso que ya estaba lleno. Si soy suficientemente ágil puedo subirme –según– Mary encima del contenedor para empujar la basura. *Claro que puedo Mary, mírame como salto, así y así, igual que un mono. "Be careful, Gerardo",* me aconsejó ella tan preocupada. Me subí recontra feliz y empecé a saltar como un demente para hundir restos de hamburguesa, cartones, papeles y toallas higiénicas, latas de soda sin abrir; mientras, en la avenida Suddley los autos resplandecientes iban desplazándose y por más que yo saltaba y saltaba, cual malabarista en su trampolín, nadie notaba mi presencia.

Hoy creí que la iba a pasar bien porque no me tocaba trabajar. Mi primo se tomó el día libre para hacer unos trámites y me invitó a dar una vuelta para ver el río Potomac.

Sesenta días para abandonar el país

Íbamos escuchando un CD de los Beatles. *Help* sonaba a todo lo que daba el volumen. Estábamos yendo por la Ruta Uno y eran casi las diez de la mañana cuando aparecieron carros de policía por todos lados, sobreparaban conversando entre ellos y, a veces, alzando la voz a los conductores o haciéndoles gestos.

Un helicóptero volaba alto y, lo más extraño, algunas personas salían de las tiendas y restaurantes en tropel. Me pareció estar en una de esas series policíacas donde los uniformados miden un metro ochenta y no lucen gorditos ni fofos como en mi país.

De pronto el tráfico se detuvo y los policías cerraron la calle e indicaron a los autos que dieran la vuelta en U. Tendríamos que regresar. "¿Cuál es el problema, oficial?", preguntó Ernesto. Un policía se acercó por un costado con una autoridad como si fuese un general. Todos los autos doblaron en U, sin excepción. Bajé la ventilla del auto y pregunté mientras el auto iba despacio: *"What happened?"*, "Señor, por favor retroceda y busque las noticias en la radio. Ha pasado una desgracia", nos dijo el oficial con ojos llorosos. Un avión acababa de estrellarse en el Pentágono. "Estamos a media hora de allí", gritó mi primo. Pusimos la radio y el locutor informaba agitado que el incidente era bastante extraño para ser una casualidad, según algunas fuentes –sin confirmar– podría tratarse de un acto terrorista.

Miré a los autos del costado y la gente lloraba. La mañana era gris, de un matiz que jamás podré olvidar, corría un poco de viento.

El locutor continúo narrando con voz entrecortada, igual que el policía, igual que todos lo que estaban allí, pero se serenó y dijo que dos aviones habían caído también sobre las torres gemelas: *New York es un pandemonio, la gente corre y las torres gemelas están ardiendo. Policías, sirenas por todos lados. Nunca antes América ha vivido algo así…*

Todo había ocurrido entre las 8:45 y 9:00 am. Mi primo avanzó un tramo y se estacionó en la primera gasolinera que encontró para llamar al colegio de mis sobrinos. Algunas personas salían molestas de la gasolinera, otras llorando. *"Fucking immigrants"*, escuché decir atrás, pero no me di por aludido. En la TV que había sobre el mostrador pasaban una película de horror. No eran ni las diez de la mañana y ahora el narrador de televisión tomaba la posta y resumía la tragedia con voz trémula: *"La torre gemela sur está derrumbándose…una humareda de polvo se levanta en Manhattan. ¡Oh Dios!, toda la torre, como si*

Sesenta días para abandonar el país

fuese un edificio de cartón, el edificio entero está colapsando, una estela de polvo cubre la ciudad. No hay duda —nos confirman algunas fuentes— que esto se trataría de un ataque terrorista. América está siendo atacada".

La primera torre cayó a la diez de la mañana. Parecía una película de horror, confusa, sombría. Ernesto se quebró porque aquí hace más de veinte años y sus hijos son americanos. Yo no sé qué hacer, apenas llevo unos días y no puedo llorar, soy un forastero. Da pavor ver cómo la otra torre arde y la gente desde lejos grita y llora. Esto es el infierno y yo como un alma extraviada estoy en el limbo donde nadie me puede ver, tocar, ni sentir.

Los sistemas de comunicación han colapsado en New York. Mi primo llamó al trabajo de Luisa y no contestaba nadie, por ratos sonaba ocupado. La televisión local anunció que las escuelas han suspendido las clases, los padres deben recoger a sus hijos, *por favor*. Personal de seguridad en los colegios forcejeaban con escolares que, en estado de shock, querían irse a sus casas. En los centros comerciales la gente corría hacia sus carros y más de una persona sufrió un desmayo en lugares públicos. El número de emergencias sonaba sin parar sin darse abasto. En la radio decían que no llamen al 911 si no era un caso de emergencia, pero todo el mundo estaba desquiciado en ese momento con un ataque de nervios, presión baja, depresión, ataque de pánico, al corazón, derrame.

En DC anunciaron por radio que, en el Lafayette Park, frente a la casa Blanca, como nunca en la historia, Agentes del Servicio Secreto tenían rifles automáticos y estaban listos para dispararle a lo primero que se le pusiese al frente. Antes se procedió a evacuar el edifico.

Las hileras de autos se obstruían en la Ruta Uno. *"Fucking terrorists"*, dijo un señor obeso desde su carro y nos miró. "Cree que somos del Medio Oriente", me dijo Ernesto. Miré a mi primo y me vi a mí mismo, entonces entendí todo: frente amplia, piel trigueña, ojos claros y además usamos barba en perilla. *"I am latino"*, grité por la ventana y el señor siguió mirándonos mal. "Voy a sacarle la *entreputa a* este gringo ahorita mismo". Intenté abrir la puerta del auto, pero mi primo me detuvo sujetándome con fuerza. Como yo insistí, me sujetó aún más fuerte. "¿Confías en mí?, ¿confías en mí?", repitió. Asentí mirándolo a los ojos. "Si quieres irte a la cárcel sin que te pueda sacar ni el presidente del Perú anda y pégale al tipo ese, pero antes déjame irme de aquí". Me quedé callado, confundido. Mi primo siguió manejando y nos largamos en silencio.

La otra torre gemela colapsó a las 10:28 am. Como unos elefantes blancos, las llamadas Twin Towers han sido aniquiladas por cazadores hambrientos que se han llevado todo hasta sus colmillos que otrora lucían majestuosos, y no dejaron nada, sólo polvo, escombros, y miles de cadáveres esparcidos en cientos de metros a la redonda. Una nebulosa de humo negro duerme arriba sobre el cielo de la Gran Manzana. Al atardecer cuando cae el sol y el ocaso se impone, los últimos rayos del sol parecen ser llamas de fuego que caen sobre lo que queda de las torres que abrigan todavía fulgores amarillos y naranjas. Y así el fuego y los rayos del sol conviven y luchan lánguidos por no apagarse frente a un desamparado Rio Hudson.

Horas más tarde me enteré de que un cuarto avión se estrelló en Pennsylvania, sin causar destrozos en ningún edificio. Se especula que los pasajeros habrían peleado con los terroristas para que no estrellen el avión en la Washington, DC. En la Casa Blanca, quizás. Por la noche, los canales de TV pasaban el momento en que los aviones se estrellaban contra las torres. Ni al más morboso de los cineastas se le hubiese ocurrido escribir un guion, así como este tan aterradoramente real.

¡Qué terrible es ver una y otra vez por TV a la gente arrojándose desde doscientos metros de alto antes que morir calcinada! Y yo sigo viendo la TV, y seguramente todo el mundo, algunos quizá con una sonrisa en los labios, pues hay miles —cientos de miles— que odian a los americanos como si todos apostaran por la guerra. Tan ridículo como pensar que en el Perú todos apoyaban a Fujimori o que en Irak todos apoyan a Hussein.

La televisión sigue pasando las escenas de la caída de las torres. Sólo queda en mi mente la voz de alguien que no aparece en cámaras —un transeúnte— que grita: "Dios mío, Dios mío, ¿Por qué?". Observo una vez más cómo dos personas agarradas de la mano se protegen dándose valor, porque se requiere valor, pavor, y locura para tirarse de un rascacielos y morir despedazado en las calles de New York.

Mi familia de New York logró comunicarse. Están bien. Afortunadamente se encontraban en Upstate, a más de una hora de

Sesenta días para abandonar el país

Manhattan, en casa de unos amigos cuando todo ocurrió. Se quedarán esta noche allá hasta escuchar instrucciones de la policía y de los bomberos. Muchísimas calles de New York están bloqueadas.

El país está devastado y en la televisión las autoridades anuncian que atraparán y castigarán a los responsables. La imagen de una niña desnuda corriendo en Hiroshima viene a mi mente. Otro canal dice que la Bolsa de Valores puede colapsar y que la economía del país peligra, que habrá una posible guerra. Recordé inexorablemente los años en que Perú se desangraba, los terroristas asesinando gente inocente en la sierra. A muchos no nos importaba, pero cuando un día explotó una bomba en un edificio del distrito residencial de Miraflores, los limeños recién nos enteramos de que el país estaba en guerra.

Cuando tenía ocho años yo no sabía qué significaba la palabra terrorismo. Una noche regresábamos de la casa de mi tío Bernardo en San Juan de Lurigancho con mi madre y mi hermano en un bus ruinoso. No había luz en la calle. "Terroristas de mierda", gritó un pasajero. "Malditos", dijo otro. Yo no entendía bien quiénes eran exactamente los terroristas en ese momento. Sólo sabía que cuando se escuchaba una explosión, mamá decía: "han sido los terroristas" y yo subía rápidamente al techo de mi casa y únicamente se veía tinieblas. Estábamos cerca de la Plaza de Toros llamada *Acho* y cuando dábamos la curva justo allí en pleno cerro San Cristóbal vi una bola de fuego. Abajo del cerro varios policías se aprestaban a subir. "Ma', ¿qué es eso?", pregunté en voz alta señalando con mi manita la pavorosa bola de fuego apostada en la punta del cerro. Los patrulleros de la policía hacían sonar sus sirenas. "shhh, cállate", murmuró mi madre: "es la hoz y el martillo... son los terroristas...".

Hoy es 11-S del 2001 y sólo quiero recostarme y olvidar. Al despertar desearía estar en mi país porque si voy a estar mal y habrá más ataques, si voy a morir o pasar hambre, quiero hacerlo con mi gente.

Recibí un correo electrónico de Karla. Estuvo llamando a casa de Ernesto (el servicio de teléfono estaba desconectado por la noche). Le expliqué que estaba tranquilo, aunque por dentro me carcomía la angustia, quería abrazarla y contarle todos mis miedos. "Te necesito. Eso, sí. Estoy bien", murmuré.

Sesenta días para abandonar el país

Recibí también un correo electrónico de Marite, preocupada por mí. A ella le dio mucha pena que no me pudiera despedir, pero seguro estaba *cabezón* con lo del viaje. "Aunque quizás no sea el momento adecuado para hablar", precisó, ella quería decirme algunas cosas. Dice que piensa en mí y que le quito el sueño (te recuerdo en mi casa, dijo). Está pensando seriamente venir a los Estados Unidos. Y si yo se lo pido ella viajaría para "intentar" si algo resulta entre nosotros. Mandó muchos besos y abrazos. Un mar de cariño. ¿Dónde está la chica que me atendió en la agencia de viajes la primera vez?, me pregunté. Borré el mensaje, sobre todo por el final que me causaba mucha extrañeza. Marite se despidió diciendo: "Siempre tuya. Marite".

Desde ayer siento que soy otro, alguien indefenso y con miedo. Antes de dormirme estuve escuchando *Creep* de Stone Temple Pilots por casi media hora.

Hoy no quería ir a trabajar, aunque no me quedaba otra. En la televisión, abundan los rumores, que un tal Osama Bin Laden estaría detrás de todo. Osama parece ser parte de un grupo terrorista que opera desde las montañas de Afganistán. Sostienen que él puede ser el autor de los ataques. Se trata de un musulmán extremista. En Internet figura que Osama es el mismo mercenario que en los años 90 recibió apoyo de los Estados Unidos para luchar contra los rusos y liberar a Afganistán del comunismo. ¿Es Osama el Frankenstein de Estados Unidos?

Cuando mi primo fue a pagar la mensualidad de su seguro de auto, llegó un cliente de raza blanca a la oficina y le preguntó al agente de seguros si era afgano y/o musulmán, este le contestó con toda calma que sí. El cliente exigió que le cancelaran todas sus pólizas porque no iba a apoyar a ningún musulmán, ya que uno de esos había atacado América. Y *fuck* para arriba y *fuck* para abajo. El agente tuvo que llamar a la policía y entonces intervino la esposa del estadounidense para calmarlo y se disculpó. Ya se marchaban cuando la policía llegó para arrestar al hombre. ¿Están idiotas aquí o qué? El americano estaba molesto, pero ¿por qué lo arrestan? Ernesto dice que es ilegal hablar lisuras en público. Tendré que amarrarme la lengua.

Trabajar no fue fácil. Mi jefa estaba de un humor endemoniado. Sólo le dije, *"I am sorry"*, pero ni la abracé (algo que sería normal en Sudamérica), el hecho de abrazarse no siempre está bien visto acá, en

Sesenta días para abandonar el país

el trabajo. El primer día me dieron un manual del empleado según el cual debes evitar el contacto físico, hablar de temas políticos, sexuales, de religión, de raza, edades y otras cosas. Aquí nadie se saluda con un beso (a menos que sea miembro de su familia o amigos íntimos) y cualquier palabra de doble significado o un eventual contacto físico pueden ser interpretados como acoso sexual. ¿Será por eso por lo que aquí se habla únicamente del trabajo y, claro, del clima? ¿Cómo era? Ah sí, "va a llover", "hace un sol precioso mañana".

Al poco rato Mary estaba llorando en el teléfono, creo que hablaba con su esposo porque decía: *"I love you"*, *"I need you"*, y después: *"Fuck the illegals"*, *"Fucking terrorists"*. Yo me fui sigilosamente al baño y cerré la puerta sin hacer ruido como si fuera un ladrón. Ella hablaba en voz alta porque todos supuestamente estábamos en el frontis de la tienda. Ella era la única que permanecía más tiempo en la oficinita pequeña haciendo balances y papeles. Según Mary los ilegales estaban destruyendo el país. América ya no era más de ellos, deberían expulsar a todos los extranjeros. Al final, cerró su puerta y siguió diciendo cosas que, por fortuna, ya no pude escuchar.

Abrí la puerta del baño y me fui a la tienda. Allí, Luisa notó mi palidez y yo seguí sin poder emitir sonido alguno. "¿Qué tienes loquito? ¿Te vas a enfermar?", me preguntó Luida y alcancé a decir *nada* y argumenté que quizás tenía un poco de fiebre o me iba a resfriar. Mi prima Luisa me abrazó. Hubiese querido contarle lo que sentía en ese momento, pero no sabía ni cómo empezar.

Reparé que por más que yo tuviese visa de turista, que hablase inglés, por estar trabajando sin el permiso respectivo tarde o temprano habría problemas. Me da risa ahora pensar que yo me creía afortunado por venir en avión; si también soy un ilegal más, uno de los millones de ilegales (dicen que son-somos más de ocho). En seis meses cuando expiré la visa no habrá ninguna diferencia si llegué en avión o en burro, nadando o en balsa, o si pasé como mi amigo Jacinto (quien nunca más escribió) por un tubo de desagüe corriendo en la oscuridad sin más arma que una antorcha para salvaguardarse de las ratas. Soy un ilegal más, alguien que persigue el *American Dream*. ¿Qué carajo es realmente el *American Dream*?

Sesenta días para abandonar el país

La gasolinera en la avenida Suddley

"¿De verdad quieres trabajo extra?", me preguntó mi primo. "Ándate a la gasolinera de la avenida Suddley. Te dejo allí si quieres". Yo asentí animado.

Cuando llegué eran las siete de la mañana y al menos unas veinte personas estaban paradas en los alrededores. Jornaleros les llaman a los que se paran en las esquinas a esperar un empleo eventual, que muchas veces son apenas unas horas de trabajo. "Hola, gente, ¿cómo están? Mi primo me dijo que aquí habría chamba", dije tratando de sonar amigable. "Hola, peruano", contestó un tipo flaco, bajito y empezó a hablar como limeño. "Oye huevón, ¿qué te pasa huevón? ¿Qué dice la señorita Laura Bozzo?". Risas alrededor. Forcé una sonrisa y me acerqué. "¿Eres peruano?", indagué. Él tipo sonrió: "Salvatruco. Purito el Salvador".

La mañana estaba un poco fría y fui a comprar un café en la gasolinera. Ernesto me aseguró que los subcontratistas llegaban en camionetas buscando obreros. Había que adelantarse y correr porque la gente se podía arremolinar alrededor de cualquier auto que se detuviese. Y así fue. Primero llegaron dos camionetas y ni siquiera pude acercarme.

Di un sorbo al café. Mientras el tráfico se detenía en el semáforo, los conductores desde la Suddley observaban con miradas afligidas. Al rato se acercaron unas ancianas americanas con café y donuts. "Son de la iglesia cristiana que está al frente y a veces traen comida", me dijo una persona joven. Tomé un donut y un café. Casi me atraganto con el donut al ver que se acercaba una camioneta inmensa y corrí para no perder mi oportunidad. Mi sueño americano venia envuelto en una camioneta cuatro por cuatro. Igual llegué a destiempo, pues ya había unas cinco personas delante de la camioneta. Por suerte los tipos de adelante eran de baja estatura y pude meter mi cabeza. El salvadoreño estaba tratando de negociar con el de la camioneta, un señor rubio alto y gordo que hablaba con acento extraño. El salvadoreño no podía hacerse entender. "peruano, ¿vos podés hablar inglés?", me preguntó y asentí, y entonces me abrieron paso. El gringo sonaba como salido de una película de *cowboys*. Con algo de dificultad entendí que pagaría diez dólares por hora trabajada y que necesitaba cuatro personas (*you are one of them*, dijo). Así que me pidió que escogiera tres, escogí al salvadoreño; este llamó a dos amigos que eran de Honduras o catrachos como ellos mismos se denominan. Subimos a la camioneta del gringo Jeff quien nos llevó por la parte vieja de Manassas. Se detuvo en una tienda a comprar varias botellas de agua. Luego avanzó hasta una avenida grande que decía Prince William. Pregunté a dónde íbamos. *To Dale City. It's fifteen miles away*". Jeff prendió un cigarro.

Llegamos en media hora y nos dirigimos a unas casas que tenían apenas estructuras y columnas terminadas. Había que poner todas las planchas de madera *(Playwood)*. Como nunca he hecho trabajo pesado sufría al cargar dos de esas planchas. Los hondureños y el salvadoreño se ponían al menos cuatro planchas en la espalda. "No seas huevón, peruano" (después supe que ellos le dicen huevón a los que son ociosos). "Al menos hablás inglés", dijo otro y todos rieron. Estuvimos un par de horas poniendo las planchas en la pared y otras en la parte del techo. "¿Vos sabés usar la pistola?", dijo el salvadoreño. En el suelo había dos pistolas automáticas para clavar las planchas. *"Apachále*, así nomás", sonrió, y al apretar el gatillo tiró un par de clavos que cayeron cerca de mi rodilla. Agarré la otra pistola y le disparé también. Nos reímos.

Así que me puse a clavar las planchas de *playwood*, siempre mirando cómo lo hacía el salvadoreño con la otra pistola. A las once de la mañana paramos por diez minutos y bebimos agua. Me moría de hambre. Los centroamericanos tenían pupusas (una masa de harina con queso) que me metí a la boca sin pensarlo dos veces. Este Jeff es buena gente, dijeron ellos, porque normalmente ningún contratista te ofrece ni agua.

Salió un sol tibio y engañoso de esos que queman la cara, pero no calientan y seguimos en el techo clavando las planchas de *playwood*. Desde lo que sería el segundo piso divisé al menos cien casas similares, todas idénticas, sin terminar y esperándonos. Debería trabajar en esto siempre, pensé.

Trabajamos hasta que no quedó una sola plancha en la camioneta. También usamos las que estaban apostadas en un costado de la casa. Faltaba ahora empezar a poner las tablas y columnas de lo que sería el segundo piso. Las bases del primer piso en unas horas estaban terminadas, listas para ser revestidas y pintadas. Mis compañeros trabajaban a una velocidad increíble.

Sesenta días para abandonar el país

"Time for lunch", dijo Jeff, *"let's get some burgers and sodas"*, añadió y prendió otro cigarro. *"Come with me"*, dijo Jeff y me subí a la camioneta. Me sentía como el capataz del grupo, el único que hablaba inglés. Teníamos que comer algo rápidamente y después terminar el segundo piso, dijo.

Llegamos a un McDonald's sobre la avenida Dale Boulevard. Compró seis hamburguesas. Me preguntó si quería una gaseosa. Sí, gracias. *Qué bueno este gringo.* Salimos del McDonald's y Jeff enrumbó hacia una Gasolinera. Mientras él manejaba yo comía mi hamburguesa.

"Cigarettes are bad", dijo riéndose y me pidió que comprara una cajetilla de Marlboro, mientras él comía su hamburguesa al vuelo. Me alcanzó diez dólares. *Qué confiado este gringo que me da dinero sin conocerme.* Entré a la tienda. Debía ser ya más del mediodía, había una fila de casi seis personas, fui al baño a orinar. Me lavé las manos y volví a la cola para pedir los cigarros. Me acabé el resto de la hamburguesa. Compré los cigarros y salí al estacionamiento. La camioneta no estaba, Jeff tampoco. Miré alrededor creyendo que me había confundido, que quizás Jeff se había estacionado a la derecha y no a la izquierda. Como en cámara lenta recorrí todo el estacionamiento. La puta camioneta no estaba. Esperé diez minutos, veinte, media hora. Quería pensar que Jeff se había olvidado de mí, pero ni el buen Jeff ni su camioneta aparecieron. Abrí la cajetilla de cigarros y prendí uno, estaba en el culo del mundo y ni idea de cómo volver. Tenía siete dólares en el bolsillo. Escupí al suelo con rabia. Vi en la esquina de la gasolinera varios latinos apostados en la berma y de pronto una camioneta se acercó. La gente se arremolinó, quise reírme, pero tenía miedo de que la risa me traicionara y se convirtiese en llanto.

Estuve escuchando música una y otra vez, obsesivamente, como siempre. Hace tiempo que no escuchaba a Charly García cantar "Los dinosaurios". ¿Será cierto eso que "cuando el mundo tira para abajo es mejor estar atado a nada"?

No lo había pensado hasta hoy pero después de ver todos los periódicos, los miles de fallecidos del 11-S, irremediablemente la palabra muerte es un taladro en mi cabeza. Lo de las torres ha reformulado todo. Qué pasaría si me muriese mañana, si un auto me atropellase. ¿Acaso mi visa de turista tiene una cláusula que asegure que mientras permanezca aquí no moriré?

Sesenta días para abandonar el país

Apenas hace unos días estuve caminando por las calles de New York cerca de Las Torres Gemelas y me tomé fotos. Ahora sólo quedan escombros, y cuerpos calcinados que jamás serán reconocidos, miles de gentes que no pudieron despedirse. Pienso (lo dijeron en la TV) en esas personas que llegaron a comunicarse por celular diciendo que estaban atrapados. Algunos de ellos se despedían: *"I love you"*, antes de arder en un brasero infernal. Días atrás yo era otro, alguien sin temor a la muerte. Eso creía yo, pero la verdad es esta: tengo terror, me cago de miedo de morir. Especialmente hoy.

Pensé en lo mezquino que soy, pues por mis temores preferí no despedirme de nadie (pudiendo hacerlo). No dije adiós ni a mis tíos más queridos, ni a mis primos ni amigos. No me despedí ni siquiera de ese pequeño círculo. Varios de los amigos que conocí también han emigrado a Italia, España y Japón; otros han muerto y algunos, como los dinosaurios, han desaparecido de la faz de la tierra.

No sé cómo a veces uno domina el miedo, aunque en otras oportunidades este nos domina. He sido valiente muchas veces, pero ahora, de noche, salgo a fumar rápidamente un cigarro y después, encerrado en mi cuarto, tiemblo. Tuve dudas antes de venir a conquistar América, ya estoy aquí y mi temor va en aumento.

Quisiera llamar a todos para despedirme, pero es hipócrita hacerlo cuando estoy a miles de kilómetros; tal vez si les dijese que tengo miedo a morir me entenderían. Me siento como aquellos que dicen ser ateos y cuando están siendo asaltados con arma de fuego gritan: "¡Dios mío, sálvame!".

Hice mi lista: son sesenta personas a las que tengo que llamar para despedirme —esto no tiene sentido— post viaje. Aún siendo breve y usando, digamos, diez minutos por cada llamada (imposible despedirse en tres minutos) y telefoneando a dos personas por día me tomaría al menos un mes entero, siempre y cuando todos los días tenga la energía y el ánimo inquebrantable para hacerlo. Hoy, por ejemplo, no podría llamar porque estoy emocionalmente quebrado y si me busco el corazón en el pecho quizás no lo encuentre. Y mañana tampoco podría llamar a mis amigos porque trabajaré once horas (gracias a la generosidad de Mary, que me ha hado horas extras para hacer más dinero). De hecho, Mary me trata bien porque hablo inglés, pero ¿si supiera que soy ilegal, me trataría igual?

Sesenta días para abandonar el país

Lo que más me frustra y entristece ahora es no poder despedirme de muchas personas que quizás no vuelva a ver jamás. Pienso en la fragilidad de todo: la amistad, las relaciones. Hoy tienes un amigo y mañana te olvidas de él, o tu amigo te traiciona, o lo traicionas; hoy amas y mañana odias o te odian, y hasta por amor hay gente que mata. Hoy estás vivo y mañana un avión te cae encima. Hoy almuerzas en un restaurante de lujo, disfrutas de la compañía de tu pareja y mañana no te queda otra que lanzarte como un suicida desde un edificio porque es mejor a morir calcinado.

No sé cuándo voy a volver al Perú. No sé si en un mes *arrugaré*, y mandaré todo a la mierda. Un amigo me contó que soñaba todos los días con volver al Perú. No pudo hacerlo sino después de ocho años porque su Green Card demoró una eternidad. Cuando volvió a Lima, en el aeropuerto Jorge Chávez se arrodilló y besó el suelo llorando. Abrazó a su madre y a sus hermanos; su padre había fallecido dos años antes.

Estados Unidos no es el paraíso. Se gana dinero pero en estos pocos días observo que la gente sufre, también hay pobreza, gente muriéndose en la calle por el frío y la nieve, jornaleros que se paran ocho horas en la calle esperando que alguien les dé trabajo, a veces los estafan llevándolos a trabajar a lugares lejanos, les hacen limpiar algún edificio abandonado o alguna construcción y a la hora del almuerzo el contratista dice que irá a comprar más material y comida y los abandona allí, como se deja cualquier bolsa de basura en la calle. Lo más irónico: algunos de los contratistas son ¡latinos!

También existen en un mundo paralelo latinos que tienen casas que parecen castillos donde habitan dos personas y hay tres autos estacionados, sus perros tienen seguro médico y personal que viene a bañarlos y cortarles las uñas a domicilio. Hoy pasaron en TV un especial sobre perros. Un corte de cabello para mascotas cuesta treinta dólares y las vacunas, casi doscientos dólares.

No, Estados Unidos no es el paraíso. Creo que mi primo, como si hubiese hablado por millones de latinos, lo dijo muy claro, incluso antes de que yo venga: "este lugar no es ni el cielo ni el infierno. Es un lugar donde puedes trabajar y hay oportunidades y, si las aprovechas, bien por ti". Claro, si no las aprovechas te jodes solo porque nadie se deja arrastrar contigo ni te levanta del suelo si te caes.

Sesenta días para abandonar el país

Sumadas a las noticias del ataque terrorista hay otras noticias que no son más alentadoras. Hay casi ocho millones de personas indocumentadas, miles de personas tratan de cruzar la frontera y otros siguen muriendo achicharrados en camiones, en el desierto de Sonora, o mutilados por trenes de la muerte a los cuales suben en su alucinada odisea para llegar a Estados Unidos. Algunos inmigrantes son atacados por granjeros (y a veces por latinos nacidos aquí) que les disparan y persiguen con perros Pitbull. Muchos de los que han tenido la suerte de cruzar trabajan recibiendo sueldos paupérrimos sin tener beneficios, jubilación ni seguro, tampoco la certeza de que un día gozarán de estatus legal. Mientras tanto viven a salto de mata, habitando en *trailers* sin calefacción, durmiendo de a diez en una casa pequeña, caminando cuadras largas con la nieve a la altura de las rodillas, trabajando con temperaturas tan bajas. En la calle, los *homeless* mueren de hipotermia en los helados meses de diciembre a marzo y en el verano los peones padecen bajo un sol de cuarenta grados que, a veces, los desploman mientras construyen casas.

Hay latinas indocumentadas que se prostituyen para vivir, gente que vende flores en la calle con la única diferencia que es, quizás, menos pobre de lo que era en su país de origen. Pienso que aquí todo es más hostil y extraño, una fauna más salvaje para aquellos que no pueden hablar ni una palabra de inglés. He leído en un periódico latino que en Maryland hay una comunidad de indígenas guatemaltecos que no hablan español y mucho menos inglés. ¿Qué posibilidades tienen estas personas de lograr su *American Dream*?

Es difícil saber lo que me depara el futuro, si triunfaré o me deportarán. No sé si limpiaré baños toda mi vida o un día lograré mi legalidad y un mejor trabajo. No puedo ser indiferente frente a lo que me rodea. Lo poco que he visto, advertido ya por mi familia gringa, es que no todos alcanzan su sueño. Ahora sé que los sueños son primos hermanos de las pesadillas.

El 11-S me ha marcado para siempre, ya lo dije antes, y no quiero morirme sin despedirme de mi familia y de mis amigos. Para ellos –y sobre todo para Karla– escribo estas memorias por si muero antes de volverlos a ver. Estas simples memorias son el diario de una persona común y corriente como yo. Es el diario de cualquier inmigrante sudamericano, africano o de algún país pobre de Europa, que se va lejos pero que anhela el retorno. El gran dilema es cuándo, y mientras ello no ocurre, espero el día en que baje del avión a abrazarme con la gente que amo. Cada noche me aferraré a estas líneas imaginándolas, escribiéndolas, borrándolas, inventando de manera estúpida, pero honesta, mil formas de despedirme; soñando reencuentros ficticios y cálidos momentos con todos aquellos de quienes, sinceramente, nunca hubiese querido alejarme.

Atlantic City

Estuve dos días en Atlantic City visitando a mi amigo Arturo a quien no veía desde 1994. Sí, estuve en la ciudad de los casinos, las ruletas, las máquinas tragamonedas y el póker. La ciudad es fastuosa, los casinos son hoteles también. Los visitantes desayunan y van al casino a jugar por un par de horas. Salen de compras o a almorzar y regresan a seguir apostando. Por la noche salen a cenar o a bailar y de regreso vuelven al casino. Los casinos son edificios inmensos. Algunos como el Harrahs o el Taj Majal tienen más de 3500 máquinas. Pisos enteros con máquinas para apostar un centavo de dólar o quinientos dólares por jugada.

Arturo accedió a llevarme al casino donde trabaja, pese a que detesta jugar en las máquinas tragamonedas. "Todo porque eres visita, *man*", dijo. En el casino, mientras jugaba en máquinas de 25 centavos de dólar, me imaginé ganando veinte mil, cincuenta mil dólares en una jugada, aquella que cambie mi suerte para poder gastarme unos mil dólares en regalos para mi familia y regresarme a Lima cargado de gloria (o de dólares). En el banco dirían: Gómez es un suertudo, tres meses en los Estados Unidos y trajo veinte mil dólares. Dicen que una gringa millonaria lo mantiene. Cuando no, Gómez floreando a la gente con su verbo. Para mí que lleva droga. Sí, sí, es un *burrier*. ¿Se acuerdan de que una vez borracho nos contó que le habían ofrecido ese negocio? Seguro que está en eso, en el narcotráfico. Seguro que siempre ha estado en ese cuento y su trabajo en el banco fue pura pantalla.

Alucinaba que esta vez tomaba el trabajo del Banco Español, o cualquier otro, pero con veinte mil verdes en la mano. Podría poner un negocio o "regalarle" unos dos mil dólares a algún gerente para que me apadrine en un banco. Dicen que cuando uno le "revienta" la mano a alguien de arriba siempre hay ascenso. Podría comprarme un auto y así hallar trabajo de ventas en un laboratorio farmacéutico. Dicen que pagan bien, pero necesitas tener auto propio.

Sesenta días para abandonar el país

El día de mi suerte nunca llegó y apenas gané setenta y cinco dólares con los que compré el boleto del bus de regreso, un gorro y un polo de Atlantic City. He visto a un señor ganar quince mil dólares metiendo una moneda de un dólar y he visto a una señora perder al menos dos mil dólares en sólo dos horas. Estuve observándola cómo compraba fichas alcanzando billetes de cien dólares. Daba propinas de cinco, diez dólares. La mujer perdía, pero seguía jugando como si nada. Le seguían sirviendo tragos y sándwiches; ni bien se acabó el efectivo, tras hurgar en la cartera, sus dedos rechonchos y rosados mostraron una tarjeta dorada cuyo brillo casi me deja ciego, se reflejó en la cara de la mesera e iluminó las paredes del casino como fuegos artificiales. Le trajeron cientos de monedas. En cambio, yo metía una monedita de veinticinco centavos en la máquina de rato en rato. Sus monedas se acabaron y quiso comprar más. La mesera le dijo muy delicadamente que la última transacción había sido declinada. Ella frunció el entrecejo y no tuvo más remedio que sacar otra tarjeta de crédito dorada, más brillante todavía que la anterior, con la cual resolvió el problema. Hay cosas que el dinero sí puede comprar.

La primera noche Arturo y yo estuvimos jugando en el casino hasta la una de la madrugada y después nos fuimos a un bar. Mientras caminábamos por el Boulevard Harrahs noté que la dirección del Casino era 777. Al salir se nos aproximó un americano blanco con una chaqueta de los Giants de New York, nos preguntó si queríamos compañía e hizo una seña casi telepática. Al frente, al lado del poste de luz, había una rubia con minifalda negra y abrigo de piel entreabierto. Sus piernas larguísimas descansaban traviesas sobre tacones rojos. "Two hundred dollars", dijo. Arturo me preguntó si quería acostarme con la rubia. "Vamos, *my man*, yo te lo pago". Él no lo sabía, pero yo jamás había estado con una prostituta. "Vamos, no seas cojudo. Te invito". "Arturo, mejor mañana. Estoy tan borracho que no voy a acertar el tiro al blanco". Arturo empezó a carcajearse. Nos fuimos por la avenida. No muy lejos se sentía la brisa del mar y un viento que te quemaba las orejas como cuando agarras hielo por largo rato. Sentía un dolor en las fosas nasales cada vez que respiraba.

Fuimos a beber unas cervezas a un bar donde había mesas de billar de paños rojos y azules. A las dos y media tomamos el bus que los latinos llaman "Yi-Yi" (varios buses tienen un cartel que dice Jitneys). El cuarto de Arturo es un garaje pequeño de una casa angosta de dos pisos. Se ha portado como decimos en Perú "de puta madre", aunque me sorprende que después de diez años siga viviendo en un cuarto como ese. Dice que le tomó un año pagar la deuda de su viaje. Gastó cinco mil dólares para que su hermana estudiara medicina (al final dejó la carrera porque salió embarazada). También tuvo que girar otros cinco mil para abrir una tienda que sus padres no supieron administrar. Por si fuese poco, compró un auto para que su papá hiciera taxi. Estábamos borrachos, cuando me preguntó si era cierto que su papá paraba con putas, tomando siempre y alardeando con el auto. Arturo dijo que hace un mes tuvo que mandar dos mil dólares para componer el motor. Me quedé callado y después le dije que no. Creo que no soné muy creíble. ¿El que calla otorga?

"Cuando junte algo más de dinero, quiero largarme de aquí. No te miento, loco. Gano bien, *man*, pero aquí andamos con la gente del barrio y todo es trago y más *fucking* trago. Tomamos hasta perder el conocimiento. ¿Te acuerdas de Pacho? Estuvo por aquí. Está bien y ha ido a la Universidad. El hombre es bien derecho. La gente de aquí lo mira con respeto y con recelo. Vino con papeles y en cambio todos nosotros, los del barrio, o hemos venido por la frontera o como "turistas".

Arturo tomó un sorbo más de cerveza y se desmoronó en su cama. Yo me eché en la cama plegable que me acondicionó y no demoré en quedarme dormido.

Al día siguiente nos levantamos a las once y fuimos a comer ceviche al Restaurante El Tiburón Chalaco que dicen que es mejor que El Rincón Perucho. Allí nos encontramos con la gente del barrio (Luigi, Julio y Enrique). Estuvimos bebiendo por horas sin más tema recurrente que el barrio: "¿Cómo está tal y cual?", "la hermana de Paco debe estar hecha ya un hembrón, ¿no?", "¿dicen que murió el odioso viejo Corrales?".

Me dijeron que me quedara un día más. "Podemos pedir permiso en la chamba y así nos vamos a ver a unas jugadoras. Conocemos unas dominicanas bien ricas, también colombianas. Tienes que probar lomo fino, loco", dijo Luigi. Los demás se reían.

Mis amigos me dicen que la mayoría de los latinos descansan lunes y martes y es en esos días que salen a bailar. Los sábados y domingos trabajan sin parar y ganan más también. Ahora entiendo la insistencia de Arturo para venir en día de semana.

Sesenta días para abandonar el país

Las cervezas iban y venían. Saqué un billete de veinte dólares para comprar más cervezas y todos me dijeron que no. Julio abrió su billetera y sacó muchísimos billetes de un dólar. "Ayer me dieron un montón de propina". Llamó a la mesera, una morena llamada Yadira. Se veía muy agraciada, pero con un rostro fatigado y ojeras eternas.

"*Baby*, aquí hay casi cien dólares. Tráete todas las cervezas que alcancen y dos fuentes de ceviche". Enrique cogió al menos la mitad de los billetes y se los dio a Julio. "Hermano, quiero que el hombre vea también mi sangre", dijo él y puso un billete de cincuenta, "Quédate con cinco de propina", agregó Enrique sonriéndole a Yadira. Todos aplaudieron y seguimos tomando. La cabeza me daba vueltas como si estuviese en un bar giratorio.

En la pared colgaba una foto de Cubillas con Roberto Challe, con las camisetas de Alianza y la U. Las caras de ambos se deformaban frente a mí. Challe parecía gordo y con cara de diablo y Cubillas no tenía el cabello corto ni los rulitos típicos del moreno, parecía Santana con una cabellera inmensa y *African Look*.

Luego mis amigos se enfrascaron en una conversación que no entendí mucho, era sobre casarse con puertorriqueñas para obtener *papeles,* pero había que tener cuidado, porque eran bravas de carácter y muy ricas también. "Si te casas por papeles no mezcles los negocios; si te casas por amor pórtate bien, porque son de armas tomar", dijo Luigi. Por lo que siguió, deduje que Luigi aún no tenía documentos en regla. Salud *Hindú* le decían, yo no entendía y me dicen riéndose: este huevon de Luigi es Hindu-cumentado.

Julio y Arturo están esperando que les entreguen su *Green Card* para viajar al Perú. Enrique es ciudadano, pero todavía no se anima a viajar porque debe mucho dinero a la americana que se casó con él para darle la ciudadanía.

Las cervezas ya habían hecho estragos en mi cabeza, mi estómago no podía tolerar más cerveza. Fui al baño y empecé a vomitar. Hice un esfuerzo por no hacer ruido, pero el baño quedaba cerca de la barra. Una vez más me arrodillé en el inodoro. Afuera, en la mesa, mis amigos se enfrascaban en una acalorada discusión sobre Alianza y la U. No sé exactamente qué decían, sólo daban vivas por uno y otro equipo.

Pensaba que en unas horas me subiría al bus de regreso. Quizás en unas horas ya de regreso se me pasaría la borrachera. Eso sí, ya no podía beber un vaso más. No puedo negar que me siento alegre de ver a mis amigos del barrio. Tampoco que esta ciudad parece una cárcel de dólares. Percibo una tristeza en mis amigos, aunque quisiera estar equivocado. Este lugar tiene un aire denso y las horas transcurren laxas y torpes. Al parecer, ellos ganan bien, pero tengo la impresión de que como individuos no existen; en grupo y ante las botellas de cervezas, quizás las cosas sean más llevaderas. No lo sé. De algo sí estoy seguro y coincido con Arturo: "quiero largarme de aquí".

Sesenta días para abandonar el país

***The Sky Is the Limit* (octubre-diciembre del 2001)**

Realmente sentí que estaba viviendo el *American Dream,* digo "sentí" porque creo que he despertado del sueño. Unas semanas atrás si alguien me hubiese preguntado si era cierto lo del sueño americano lo afirmaba en cualquier idioma. A la peruana: ¿El Sueño Americano existe? Claro que sí, causita. A la argentina: "Che papá, el *American Dream* no es verso"; o a la mexicana: "Guey, la vida aquí es bien chingona. A toda madre".

Hablemos con la verdad. ¿En nuestros países podemos comprarnos un auto después de tres meses de laburo o chamba?, pues no. ¿En tres meses puedes ahorrar dos mil dólares trabajando en un empleo simple, digamos como barrendero o cocinero?, claro que no. Ni bien cumplí tres semanas aquí me di cuenta de que en el trabajo me pagaban poco ($ 5.75 por hora, que es apenas el sueldo mínimo legal). Por ahora hay mucho trabajo y en todos lados los anuncios de "*Yes, we are hiring*" (sí, estamos contratando) cuelgan en las vitrinas de las tiendas, restaurantes y negocios. No bien cumplí un mes conseguí trabajo en una mueblería. *Un señor trabajo*, diría yo: ocho dólares por hora. El ritmo era sencillo: cargar lámparas, sillas, alfombras. El jefe, un hombre considerado. Lo conocí cuando compraba un monitor para una computadora y ropa usada. Aquí, la gente se viste mucho con ropa usada, aunque tenga un buen trabajo, algo que en el Perú no ocurre. Así que el día que míster Jimmy Smith compró en la tienda, mi suerte cambió. Dentro de sus compras diversas adquirió además un televisor de veinte pulgadas a veinticinco dólares y en buen estado.

Ayudé a míster Smith muy diligentemente cargando el televisor hasta su auto y coloqué con cuidado el monitor y lo protegí con una tela gruesa. Siempre he sido detallista con mi trabajo, por lo cual doblé la ropa usada como si fuese nueva. Cuando estaba por irse, él sacó diez suculentos dólares y me los alcanzó junto a su tarjeta de negocio. "Cuando desees ganar un buen salario, búscame", agregó.

Busqué a míster Smith a los tres días, y se alegró. Me dio trabajo de inmediato, según se estila aquí tuve que esperar dos semanas de cortesía con mi anterior empleador.

El primer mes fue espectacular, como diría mi compañero de cuarto, que es colombiano. Sí señor, me independicé, y valgan verdades, la casa de mi primo era muy pequeña y compartía la habitación con mi sobrino. Su cuarto era microscópico y creo que tanto él como yo extrañábamos nuestra privacidad.

Antes de mudarme tuve curiosidad de preguntarle a Ernesto por qué me había dicho que podría estudiar en la universidad con facilidad y tener cualquier trabajo. Le pregunté en buena onda y su respuesta fue pragmática y quizás válida: *Si te decía lo contrario, ¿hubieses venido?*

Ahora alquilo un cuarto en la casa de "Cali", un colombiano que rentaba un departamento de dos habitaciones y tenía una pieza libre. El sofá de la sala también estaba en alquiler por cien dólares al mes. "Cali" de vez en cuando me recogía del trabajo. Le pagaba cinco dólares (lo usual aquí). Lejos de sentir que me explotaban, creía que "Cali" me hacía un gran favor, porque de regreso a casa (casi a las once de la noche) yo manejaba su viejo Toyota automático con la condición de que le deje el tanque lleno el fin de semana y le de veinte dólares por el favor. Manejar un carro automático, la verdad, es tan fácil como manejar un carro de parque de diversiones o prender una licuadora. Apenas pisas el acelerador, el freno y ya está. Las señales de tránsito son lo más complicado, sin embargo, si lees un manual y practicas puedes obtener tu licencia. Yo la obtuve después de dar mi examen de manejo dos veces. Por sugerencia del colombiano conseguí también un *Tax ID Number*, un documento para poder declarar tus ingresos a fin de año. Yo no calificaba para obtener un *Social Security Number* pues a ese "papel" accedían solamente los "legales". El mundo aquí no se divide más en gente blanca o negra sino no en ser legal o no.

Encontré un segundo empleo. Los viernes y domingos, por la noche, lavaba platos en un restaurante italiano. Cuando terminaba mi turno, a veces ayudaba a una mesera americana. Leslie me agradecía siempre con cinco o diez dólares por acomodar cien tenedores y cuchillos, y enrollarlos en servilletas blancas.

Pese a que el panorama por el tema de la guerra en Afganistán causa temor, me siento medianamente bien. Tengo ya licencia de conducir y un pasaporte cuyo visado está vigente. No manejo ebrio y prefiero no meterme en líos, porque están empezando a hacer redadas en las calles para detener a los ilegales. Mis papeles falsos los mantengo ocultos en una abertura hecha a propósito bajo la alfombra de mi habitación, debajo de la cama. Eso sí, cuando venza mi visa tendré que pensar en algo. Aún me queda un par de meses. Si esta guerra termina pronto puede ser que las redadas para los indocumentados cesen. El presidente Bush ha dicho que ganará la guerra pronto. La verdad me parece idiota que nos persigan por no tener papeles. Borrachos somos, bulleros también, pero no terroristas. Somos gente que jamás se cansa ni se queja de trabajar. El Pentágono está siendo reconstruido por obreros latinos.

Seguimos bajo la lupa de observación: según un periódico, un latino ayudó a uno de los terroristas del 11-S a tramitar su licencia de conducir. Al parecer, el infortunado proporcionó su dirección de Virginia a varias personas para que obtuvieran su licencia, ya que es requisito tener domicilio legal en este Estado. Sin querer el latino ayudó a un terrorista. Cobró apenas unos doscientos dólares y ahora le espera una larga condena. ¿Quién en sus sueños de opio podría siquiera imaginar que aquella persona a la que le "prestas" tu dirección va a derribar las Torres Gemelas y atacar el Pentágono?

En la mueblería, míster Jimmy Smith no me hacía cargar muebles pesados. Para eso, el cliente debía pagar un adicional, y una compañía profesional enviaba los muebles a su casa. Al americano promedio le gusta que todo se haga de manera obsesivamente profesional y a la perfección. Pagan sin protestar siempre y cuando el servicio sea óptimo. Eso sí, a veces te gritan como si tu alma les perteneciera, *"I am a customer. I want to talk to your manager"*.

Los sábados por la tarde vendíamos muchos muebles. En ciertas ocasiones los clientes me daban propinas. Por lo general las señoras mayores me miraban a veces con ternura y a veces con pena. Un sábado podía acumular hasta veinte dólares, gracias a mi habilidad. Después de unas semanas pude comprarme un auto viejo del año 91 que corría muy bien. ¿Qué más podía pedirle a la vida? Tenía dos trabajos, un auto, mi propio cuarto. Empecé a mandar dinero a mi madre. Algo que dicen aquí es que la gente nunca se conforma con nada y siempre quieres más. Hay tanto trabajo que la gente se cambia de empleo literalmente por veinticinco o cincuenta centavos de dólar adicionales. No importa si tu trabajo es agradable y te traten bien: *"Time is Money"*. En los Estados Unidos los incrementos pueden ser apenas de cincuenta centavos o un dólar por hora. Pero esta cifra que parece irrisoria puede aumentar el sueldo en cien dólares o más por mes.

Sesenta días para abandonar el país

Un domingo que salí temprano del trabajo compré el Prince William Daily Star y vi un anuncio que me desordenó el cerebro. Me hizo alucinar con ascender rápidamente y hacer mucho dinero: se necesitan vendedores de autos. Sueldo: dos mil dólares mensuales. No se necesita experiencia. Preferentemente que hablen español.

¡Dos mil mensuales! ¡Una fortuna! El lunes, aprovechando un descanso de quince minutos, llamé sobre el trabajo en mención y con fortuna me dieron una entrevista para el miércoles que no me tocaba trabajar. Esa mañana llené una solicitud de trabajo y me entrevisté con míster Ronald Golden, quien me trató de maravilla. Hablamos casi una hora y le conté de mi experiencia en ventas en un banco. Dijo que podía ser de mucha utilidad: "No tienes experiencia vendiendo autos, pero eso no es problema. Para triunfar se necesita actitud y tú la tienes. Me haces recordar cuando era joven". Aseguró que me llamaría al día siguiente.

El jueves fue un día tirante porque me llamaron la atención en la mueblería. Andaba distraído. Llamé tres veces a casa del colombiano, pero su esposa, la señora Andrea, dijo que nadie había llamado. El viernes se hizo interminable y para colmo de males en el restaurante me mandaron a casa temprano porque no había muchos clientes. Así hacen aquí. Si no hay trabajo tienes que marcar tu tarjeta de salida.

Compré una cerveza y cigarros para relajarme. Llegué a casa después de las seis. No bien abrí la puerta, el colombiano y su esposa me invitaron a sentarme, "¿cómo me la ha ido, Gerardito?", me preguntó la señora Andrea. Habían hecho una bandeja paisa, un plato con carnes diversas, delicioso, pero sobre todo llenador. "Compadre, lo ha llamado un señor Goldin o algo así", dijo el colombiano y me excusé para usar el inalámbrico y llamé a Míster Golden. Me sorprendió hallarlo a esa hora (serían casi las siete de la noche), aunque después me aclaró que los de ventas trabajan hasta las nueve de la noche.

"¿Cómo está, señor Gómez? Tengo buenas noticias. Hablé con el Gerente General y después de ver su solicitud y entrevista personal, él ha dado su visto bueno. Yo he recomendado su contrato inmediato. Felicitaciones. El puesto es suyo". Quería gritar de la emoción, decirle al míster que eso era lo que necesitaba, un espaldarazo, pero me contuve. "*Thank you, sir*", dije por toda respuesta. Lo único que me dejó inquieto era que debía empezar el lunes. Es decir, no podría notificar a mi actual empleador de mi renuncia. "¿Me puede esperar dos semanas por favor?", le pedí a míster Golden y contestó que le encantaría, pero era imposible. Le expliqué que por cortesía debía decirle a míster Jimmy Smith sobre mi renuncia. "Lo entiendo, pero esta es una oportunidad de oro. Los ejecutivos de ventas empiezan el lunes. He luchado por hacerte ingresar, hijo. Tendrás salario, de dos mil dólares, comisiones, entrenamiento, una carrera. Es tu decisión. Entonces, ¿qué decides?". Respiré unos segundos en el teléfono. Dudaba, pero no quería perder esta oportunidad. En la mueblería jamás ganaría dos mil mensuales. "Míster Golden, acepto su generosa oferta".

No fue fácil explicarle lo inexplicable a míster Smith. "No es correcto lo que haces. Sé que es más dinero, pero debiste avisarme. No podré encontrar un reemplazo tan pronto y la mueblería debe limpiarse diariamente", me dijo él. Me excusé diciendo que era una gran oportunidad, que así nomás no encontraría un trabajo de ese calibre y él dijo que lo que empezaba deprisa (se refería a la manera apresurada de mi contratación) podía acabar deprisa también y que la venta de autos era un negocio muy duro. "Eres un buen trabajador, pero si te vas de ese modo, realmente no podré recomendarte si llaman pidiendo referencias". Por respeto no le dije nada a mi jefe, apenas *"I am sorry"*. Yo no iba a necesitar sus recomendaciones, además, ¿qué tanto podía servirme haber trabajado como barredor en una mueblería? Yo ya tenía un trabajo de oficina, el puesto era mío. En mi cabeza sólo volaban fajos de billetes de veinte, cincuenta y cien dólares. Ante mi vista el cielo no era más azul sino verde-dólar y al mirar las nubes veía la cara de Washington. Me veía a mí mismo con un auto deportivo rojo y fumando un puro cubano.

El entrenamiento fue lo máximo. Nos mostraban los autos, dábamos vueltas alrededor de ellos viendo sus cualidades. Eran automáticos en su mayoría, con puertas que se aseguraban apretando un botón, ventanas de poder, asientos de cuero ergonómico y cero millas. Podíamos encender el auto y sentir el poder de las máquinas que rugían como leones anhelantes por lanzarse a la caza de cualquier presa; allí en la selva de cemento que era la Ruta Uno, infestada de concesionarios de vehículos. Ahora yo podía tener de cerca lo que antes veía por televisión. Y algo más: a los mejores vendedores les darían un *demo,* es decir un carro que había sido de demostración para los clientes y que los *tiburones* de las ventas podrían (podríamos) comprar con facilidades de pago inmejorables.

La primera semana fue más sencilla de lo que pensé. Apenas me pidieron copias de mis documentos y afortunadamente no tuve ningún problema cuando los revisaron. Después de llenar los formularios requeridos para el empleo recibimos unas clases porque *debíamos* obtener una licencia para vender autos. Debíamo*s* aprender a mostrar el auto a los clientes: subirse al auto con ellos, llevarlos atrás de la Ruta Uno, donde hay un lago muy pequeño pero ideal para estacionar el vehículo, sobre todo si es día soleado y los rayos se reflejan en el agua helada. Es allí cuando *debíamos* darle las llaves del auto al cliente y hacerle sentir que era dueño del mundo: *"The world is yours"*. Esta técnica era infalible, decía Míster Golden, y si nos enfocábamos en vender, vender y vender, tendríamos un sueldo sideral: *"The Sky Is the limit"*.

La segunda semana viví un acontecimiento amargo, pero gracias a míster Golden pude superarlo. Fuimos al DMV de Woodbridge para tomar el examen requerido para ser vendedor de auto. "Tienen que traer su *Social Security Number*", dijo míster Golden el día anterior y como yo no tenía un *Social* verdadero, antes del examen les dije que me lo había olvidado, aunque recordaba el número. "No hay problema", dijo míster Golden. Antes de tomar la prueba la señora de la ventanilla me pidió mi licencia de conducir y mi Número de Seguro Social. "Qué raro, el sistema no está tomando tu Número de Seguro Social", dijo la anciana, que era un amor de gente. Me sentía mal por hacer algo deshonesto, pero no tenía ninguna opción de obtener la legalidad a través de una ley de inmigración o una amnistía, ni contaba con el patrocinio de un empleador; ya la opción de casarse con una americana era irreal pues no reunía los cinco mil dólares en efectivo.

Y yo pensando: *señora, discúlpeme que le haga perder su tiempo. ¿Sabe?, no se exija mucho buscando mi Social, el número es más falso que un billete de tres dólares. Si pudiera mostrarle la burda imitación de mi Social Security Card, con todo respeto, usted se cagaría de risa en mi cara; mi Social hasta tiene errores de ortografía. Donde debería decir ask (preguntar) los muy burros han puesto bask que no significa un carajo. Basket es canasta, pero no estamos hablando de canastas, ancianita. ¿sabe?, ahora que lo* pienso, *así con su carita me hace recordar a la abuelita de Caperucita. Mire, abuelita, acabe de una vez esta farsa.*

Sesenta días para abandonar el país

"¿Señor Gómez? ¿Señor Gómez me da su número de nuevo?" y entonces autómata se lo di. La pobre anciana insistía en poner el número, y, cándida, murmuraba: seguro lo escribí mal, dímelo de nuevo. Míster Golden me miraba como preguntándome qué pasaba, yo tan callado. La anciana llamó a su supervisor. Sentí frio en el cuerpo y mi estómago crujió, pero no de hambre.

Unos pasos detrás, mi jefe miraba la hora, los otros vendedores estaban sentados tomando el examen. "Míster Gómez. Por favor. Necesito ver su *Social Security Number*, el número no lo puedo reconocer en mi sistema", me dijo el supervisor. "¿Puede traer su *Social Security Card* para verificar? Estaremos abiertos hasta las cuatro de la tarde". "Debe ser un error del sistema", decía la anciana, por si fuera poco, se disculpó conmigo.

Mis compañeros de ventas terminaron el examen. míster Golden ensayó una respuesta ante la curiosidad de los vendedores: "Gómez, tan distraído, se olvidó su licencia de conducir". "Ven conmigo en mi auto", me dijo míster Golden. "Ustedes, muchachos, regresen al trabajo". Subí al carro del jefe como quien va a ser cuestionado con luz intensa: "¿Dónde estuviste anoche?" "¿Qué hiciste el 11-S del 2001?" "¿Conoces la Columbia Road?" "¿Por qué no confiesas tu crimen?" "Tenemos un testigo clave".

Pero mi jefe no habló. Siguió manejando por la avenida Smoketown hasta llegar a la Ruta Uno; después dobló a la izquierda y paramos en un café. Pidió dos cafés. En silencio, como si viniésemos de un ajuste de cuentas, esperamos que nos sirvieran el café. "¿Quieres sincerarte conmigo?", preguntó el jefe y después de unos segundos que parecieron horas no me quedó otra que contarle la verdad: cómo había llegado, qué tipos de trabajos había hecho, el sueño que era para mí trabajar como vendedor en una compañía inmensa y la rabia que sentía por estar como estaba; sobre todo la vergüenza que sentía por haberle mentido. Que no tenía ni puta idea antes de venir que necesitaría todos estos permisos porque mi primo me había dicho que me conseguiría trabajo y acceso a la universidad sin ningún problema.

Esperaba ser despedido en el acto. "No te preocupes. Tuve una vez un vendedor muy querido que pasó igual situación. ¿Entonces no tienes *Social Security*?", afirmé con la cabeza. míster Golden sorbía su café, siempre reflexivo. Los autos por la Ruta Uno *transitaban atracándose de rato en rato. Empezó a llover. Cuando terminamos el café sentí* que era el final de todo. "¿Cómo piensas hacer tus impuestos el próximo año?, me preguntó. "Tengo un *Tax ID Number* (número de identificación para impuestos) pero no sé cómo se usa", dije. "¿Qué has dicho? ¿Tienes un *Tax ID Number*?", me interrumpió él y dije que sí. Se incorporó de la mesa. Llamó a su oficina diciendo que tenía que ausentarse un par de horas. "Vamos a tu casa. Indícame cómo llegar". Quise preguntar qué pretendía hacer, pero ya estábamos en su auto. "Vivo en Dale Boulevard y la Minieville Road", dije, cuando míster Golden ya había pisado el acelerador a todo lo que daba, quemando los neumáticos. En cinco minutos estuvimos en la intersección de mi casa. Le indiqué que doblase a la izquierda justo al llegar a la gasolinera. Yo vivía en los departamentos de la derecha. "Vivo… vivo… en… en… el segundo piso", farfullé señalando un edificio de ladrillos. "Trae tu Tax ID Number, pero apúrate", me ordenó. Subí al departamento presuroso. La esposa del colombiano me miró algo aturdida y apenas si la saludé. En mi cuarto rebusqué entre mis papeles. Al lado del pasaporte estaba mi tarjeta Número de Identificación de Impuestos. Una tarjeta blanca y verde con nueve números que llamaban *Tax ID. El Social Security tiene nueve números también*, reparé. *¿Qué intenta hacer míster Golden? En el DMV me han pedido mi tarjeta de Seguro Social*. Salí al estacionamiento y subí al. Le mostré la tarjeta verde y blanca. "*Good*", fue todo lo que dijo y arrancó el auto en sentido contrario de donde habíamos venido. Fuimos por todo Minieville Road hasta llegar a Dumfries Road y estuvimos allí unos cinco minutos. "¿Adónde vamos?", pregunté, pero míster Golden no contestó y apenas sonreía.

Tomamos la carretera 95 Sur y pasamos algunas ciudades como Dumfries y Aquia hasta llegar a Stafford. Justo en una de las salidas de Stafford decía *Driving Motor Vehicles* y allí salimos de la 95. Al rato estábamos estacionados en la oficina del DMV. "I will do the talking", dijo él y yo asentí porque andaba perdido, y porque sabía que dependía de él más que nunca. Sacamos unos tickets en ventanilla y no esperamos mucho. A Diferencia del DMV de Woodbridge, el de Stafford estaba casi vacío y no había ningún latino, salvo un señor que estaba arreglando la cerradura de una de las puertas del local. Míster Golden, astuto, abrió la boca:

Sesenta días para abandonar el país

"¿Cómo está?, Soy Manager de Ventas de Millenium Auto. Aquí mi empleado, el señor Gómez, desea tomar el examen para obtener su licencia de vendedor de autos. Él habla inglés, pero no está familiarizado con los procedimientos. Aquí está su licencia de conducir". La empleada la recibió y preguntó por el número del Seguro Social. Míster Golden me pidió mi *Tax ID*.

"El señor Gómez tiene un *Tax ID Number*, documento legal para hacer impuestos. ¿Ese documento es válido?", dijo mi jefe muy *naive*. La chica de la ventanilla respondió que debía llamar a su supervisor. Este se acercó y después de escuchar a su subordinada le indicó que escribiera mi *Tax ID Number* en la computadora. El sistema parecía no aceptarlo porque ella movía la cabeza hacia ambos lados. El supervisor le pidió que insistiera y de nuevo el estómago hizo un ruido extraño. "Tiene que haber una solución", dijo mi jefe, sonriendo delicadamente, y mirando al supervisor del DMV. Míster Golden aseguró que en un mes estaría llegándome una copia del *Social Security Number*. Como yo empezaba una capacitación hoy requería la licencia de vendedor de autos para poder trabajar. ¿Podríamos poner el *Tax ID Number* temporalmente? El supervisor le ordenó a la chica de la ventanilla que ingresara la opción "otro documento". Como tampoco dio resultado, le pidió que recurriera a la opción de "aceptar manualmente". Ella puso el número de nuevo y dijo: *"Finally"*. "Señor Gómez, puede pasar a tomar su examen", dijo el supervisor orgulloso de haber solucionado el problema. *"Great. Take the exam, son"*, me dijo míster Golden. Entré aliviado, sintiendo que al fin los hados estaban de mi lado. Voy a vender muchos autos y ganar fajos de dólares y guardarlos bien, aunque se revienten los bolsillos del pantalón. *"The Sky is the Limit"*.

Éramos dos equipos de ventas. Mi equipo de tres estaba conformado por un iraquí y un salvadoreño. Honestamente, ellos parecían haber nacido aquí pues hablaban inglés fluidamente. Yo siempre tenía que pensar primero lo que iba a decir y después soltar las palabras con cuidado. Javier, el chico latino, fue casi parco desde el inicio. Me preguntó cuánto tiempo tenía en el país (en inglés) y qué clase de auto manejaba. No mostró ningún reparo en mostrarme su auto del año, que no le gustaba mucho y estaba pensando cambiar por una camioneta 4 X 4. Moh, el iraquí-americano, tenía un auto azul de dos puertas. Nuevo también.

Sesenta días para abandonar el país

En las charlas a veces no podía pronunciar a la perfección palabras juntas como: *windshield wipers* (limpia parabrisas*)* o *right rear quarter panel* (la parte trasera del lado derecho del auto). El primero que se reía era Javier y le hacía unas muecas a Moh. Traté de superar esos incidentes y no hubo mayores percances.

Un sábado de diciembre me puse una buena corbata, me rasuré y usé mi ropa más reluciente. En el trabajo me quedé impresionado con la cantidad de clientes que venían a ver y probar los autos. Teníamos que esperar turno para intentar vender. A mí me tocó una pareja americana de unos cuarenta años. La señora se me acercó después de estar mirando alrededor a todo el equipo de ventas. Yo les había abierto la puerta del concesionario muy cortésmente y, al parecer, les caí en gracia, porque ella estuvo sonriente en todo momento. Me preguntó de dónde era y yo con mi educado inglés de turista siempre tratándolos de Madame y de Míster. *I am from Perú. I am Gerardo Gómez.* En un descuido un vendedor mayor y algo subido en carnes quiso atrasarme, pero ellos dijeron que ya Gerald (se referían a mí) los estaba atendiendo.

Esta es venta fija, pensé. El señor quería conducir un vehículo. Traje las llaves para que él maneje. Yo me iba a sentar adelante cuando el hombre me dijo que me sentara atrás, con su esposa. Como era novato en el asunto no quise contrariarlo. Posteriormente supe que en todo momento debíamos ir al lado del conductor.

Mientras el señor hablaba, su mujer se pintaba los labios y enderezaba la espalda hasta hacer más notorio que tenía unos senos monumentales. Estábamos pasando cerca del lago y les dije si querían parar allí. "OK" dijo él, y se estacionó. "Bello día", comentó. Su esposa dijo lo mismo. "Queremos comprarte el auto, Gerald", dijo ella. "Nos has caído bien". Yo era pura sonrisa y silencio. "Silence is Golden" es una máxima en ventas.

"¿Gerald, puedo preguntarte algo directamente? No deseo ser descortés bajo ningún aspecto", me dijo el cliente. "Claro", respondí. Me preguntó si su esposa me parecía atractiva. "Por supuesto. Es una mujer elegante, distinguida". "*Cute*", dijo ella. Ambos sonrieron. "Queremos saber si te gustaría hacer un trío. Eres un joven de buenas maneras y aseado, siempre buscamos personas así en nuestro círculo íntimo. ¿Quieres cogerte a mi mujer mientras los miro?". Pasaron segundos y dije, *"No, thank you. Míster, please don't feel offended"*, no sin cierto bochorno. Ellos no sonrieron. Me pidieron que manejara de regreso. Se bajaron del auto y se fueron sin decir palabra.

Ese día nuestro equipo cerró sin ventas. El domingo, no bien llegué a trabajar, mi jefe me mandó llamar porque los clientes se habían quejado: se fueron sin comprar porque yo había sido algo desatinado con la dama sentándome a su lado. ¿Te sentaste atrás?, preguntó el jefe. Sí, dije. ¿Cómo se te ocurre? ¿Cómo, Gómez?

Me advirtieron que por ahora no habría sanción. "No harán ninguna queja formal. Pero ten cuidado y que no se repita. Eso es intolerable". Y después míster Golden me hizo un pedido inusual que no estaba dentro de mis funciones de vendedor. "Necesito pedirte que pases un trapo a mi auto. Está un poco sucio". "¿Limpiar su auto?" "Sí", dijo él. Me pareció extraño el pedido, pero estaba tan agradecido y asustado que lo hice con gusto.

El lunes por la mañana vendí mi primer auto y los vendedores antiguos cortaron mi corbata como *bautizo*. Fuimos a un buffet a almorzar en grupo. "Coma todo lo que pueda por $6.99", pregonaba el anuncio. Moh, Javier, míster Golden y yo, comimos como cerdos. Bebí tres gaseosas y me sacié con pasta, pizza y lasaña. Estaba terminando mi postre cuando míster Golden se paró de improviso como quien tiene urgencia de ir al baño. Moh hizo lo mismo y Javier lo siguió. Esperé unos minutos, pero no volvieron. Tuve temor que me dejaran ya que vinimos todos en el auto de mi jefe. Quise irme, pero el mozo me dio la cuenta: treinta dólares. No quedó más remedio que sacar el dinero y pagar. Ellos estaban esperándome afuera: "La próxima paga Moh", dijo míster Golden y forcé una sonrisa. Se trataba de una broma aparentemente. Pero al día siguiente cuando fuimos a comer cada uno pagó lo suyo. No dije nada. Quizás no entendía bien las bromas de los americanos.

Los días siguientes no vendí ningún auto porque probablemente no sabía explicarme bien o debido a mi inglés de academia. A veces me hacían preguntas técnicas sobre la capacidad del motor o cómo maniobraba el auto en la nieve. Una tarde, un americano me preguntó sobre el funcionamiento del auto híbrido (a gas y eléctrico) que acababa de salir. Yo no recordaba ese auto y le dije que iba a pedir apoyo a mi supervisor. Cuando míster Golden se acercó, el cliente se quejó de mi falta de capacitación, agregó que tenía cara de no saber diferenciar dónde estaba el chasis y la caja de cambios. Aunque tenía razón, dijo, la culpa no era mía sino de los que me habían contratado. Mi jefe no hizo comentario alguno pero sus ojos brillaron de rabia porque quien me entrenaba era él.

Moh y Javier habían vendido dos autos cada uno, con lo cual yo estaba abajo en la pizarra de ventas. El otro equipo andaba bien, con dos vendedores que tenían en sus récord tres autos cada uno. A un señor mayor y entrado en carnes, que no había vendido ningún auto, no lo volví a ver más. Por la noche llegué a casa rendido. Era viernes. Llamé a Perú para hablar con Karla. Son poco más de tres meses desde que vine. Su trabajo volvió a tambalear. Le deben un mes y el programa radial no tiene mucha aceptación según las encuestas. Parece que en dos meses ya no saldrá al aire.

Karla consiguió su pasaporte. Dice que por estos días se presentará a la embajada de los Estados Unidos. Lo bueno es que trabaja como periodista con alguien de renombre. No debería tener problemas en obtener la visa. Moriría porque ella estuviese aquí pese a que no creo que quepamos en el cuarto de miniatura que alquilo. Ella entiende que por ahora no tengo dónde recibirla.

Me jode llegar a casa muerto, comer un sándwich frío de jamón, ver media hora de TV y quedarme dormido con los zapatos puestos, para despertar dos horas más tarde dándome cuenta de que es media noche y que ya no puedo llamar a Karla ni a mi vieja. A veces, con un frío intenso, me abrigo y salgo con un café caliente al balcón del apartamento para fumar un cigarro, busco la Cruz del Sur en el cielo y me parece encontrarla. El cielo de Virginia es estrellados y sus noches son perpetuas, frías, solitarias.

El viernes fue el principio de algo que se avecinaba. Mi jefe me había pedido que buscara un auto verde de dos puertas para un cliente. Caminé hasta el final del estacionamiento, casi cien metros; respiraba agitado y exhalaba vapor de los labios cada vez que tomaba aire. Por fortuna encontré el auto, que lucía poderoso e intensamente verde como la selva espesa de Chiapas, bello como el mismo Shenandoah Valley de Virginia, majestuoso como el Valle Sagrado de los Incas y resplandeciente como innumerables billetes de cien dólares recién expedidos del cajero automático. Me metí en el carro y para sentirme dueño del mundo encendí la radio, *"The Sky Is the Limit"*. Un auto del 2001 con cero millas, ventanas de poder, ventana eléctrica en el techo. Cuando pisé el acelerador y puse el auto en

Sesenta días para abandonar el país

reversa sentí el timón frío y el olor a nuevo del auto me invadió como una brisa agradable de Cancún, playa que no conocía, pero eso era cuestión de tiempo. Saqué el auto despacio, viré a la derecha para darle el encuentro a mi jefe. Avancé hacia la oficina de ventas. Desde el estacionamiento una mujer joven miraba el auto y quise alardear frente al timón. La vi de soslayo. Qué estúpido, si el auto ostentaba un letrero con su precio y mi cara, mi ropa, mis maneras eran las de un vendedor que no podía comprar un auto nuevo, ¿De qué iba a alardear?

Todo pasó en unos segundos y es como si en esos instantes la escena se congelara y quisiera decir: "corten. Tenemos que repetir esta escena". Pero ya es tarde y sabes que ya no se puede arreglar. Primero sentí el golpe y luego el terror. Había empotrado el auto en la parte trasera de una camioneta, que tenía un parachoques grande de metal. Bajé del carro, me llevé la mano a la boca y miré a mi jefe. La parte delantera de "mi auto" parecía un acordeón. Al lado de míster Golden había una señora que casi se desmaya de la impresión. Obvio que era la nueva dueña del auto. Quise decir lo siento, pero mi jefe se dio media vuelta con la cliente. A lo lejos, vi a Javier hablando con Moh, quienes sonreían discretamente observando el auto verde. Al rato vino un *manager* y empezó a coordinar con un mecánico para llevarlo al taller. Minutos después me acerqué a hablar con mi jefe. Fue bien parco y me dijo que el seguro pagaría lo del auto y que no tenía importancia. ¿De verdad? Me aseguró que sí.

El sábado amaneció soleado y fui al trabajo animado y resuelto. Me puse una chaqueta roja, un suéter y una bufanda. La calefacción del auto por suerte funcionaba, pero tomaba tiempo. En la calle se sentía menos frío que en el interior del auto. El timón era como un aro de hielo y sentía el culo congelado como si me hubiese sentado sobre agua fría.

A las nueve de la mañana tuvimos una reunión urgente. Las ventas habían bajado quince por ciento en la última semana. "*Sell sell sell*" era la única opción, cerrar la venta, cerrar al cliente, pedir el cheque, pedir la tarjeta de crédito. Ser agresivo, pero sin ser pesado, ser insistente sin ser insoportable. Era diciembre, mes de la navidad y todo el mundo deseaba sorprender a su esposa con un auto nuevo. Dicho esto, nos animaron a hacer de este sábado un gran día de ventas.

Sesenta días para abandonar el país

A las once de la mañana, una pareja de asiáticos se me acercó muy interesada. La verdad, los dos vestían tan modestamente que me parecieron simples curiosos. No es que fuera descortés, sino que yo estaba convencido de que ellos no comprarían nada. Es más, yo asumía que no tenían el poder adquisitivo necesario. El jefe me dijo que les hablara, que los invitara a subir al auto. "Llévalos al lago, aunque esté congelado. Agresividad", dijo. Yo seguía pensando que ellos no comprarían. En cambio, me animé a hablarle a un señor que entró bien vestido a nuestras instalaciones, el cliente potencial que yo necesitaba. El tipo me dio una charla sobre las diferencias entre autos mecánicos y automáticos, tras lo cual me pidió que le mostrara un convertible que estaba en el medio del salón de ventas: "Quiero manejar ese auto", me dijo. Fui a preguntarle a míster Golden si era posible, pero dijo que ese auto era únicamente de exhibición. "Si deseo comprarlo, debo manejarlo, ¿no crees?", me preguntó el cliente y creí que tenía razón. El jefe sostuvo que solamente si el tipo sacaba su chequera o su tarjeta de crédito moverían ese auto. "Ok, no te preocupes", dijo el cliente. Me pidió que le enseñara otros autos. Se interesó por uno negro de dos puertas, pero no quiso manejarlo. "Podemos ir a probarlo, si desea", sugerí. Él no aceptó.

"Para ser honesto, tengo mi licencia suspendida y por ahora estoy sin trabajo. Pero en cualquier momento, ni bien encuentre empleo compraré el auto, aunque tengo que esperar dos meses más para recuperar mi licencia. Diciembre es un mes muerto para encontrar trabajo. ¿Tú qué opinas?" Después se refirió a la bolsa de valores y al último disco de los *Red Hot Chili Peppers* y hasta me contó una historia o chiste del *Chupacabras* que no entendí. Luego dijo algo sobre el equipo de *football* de los *Redskins*. Diez minutos después se fue sin dejarme un teléfono de contacto. La cara colorada de míster Golden lo decía todo. Quise explicarle que en mi país los que visten humildemente no tienen plata. "No estás en tu país y tienes que aprender a obedecer reglas", agregó. El jefe de ventas del otro equipo le hizo una seña y él se puso aún más colorado. La pareja de asiáticos había comprado una camioneta cuatro por cuatro, cero millas.

Eran casi las dos cuando mi jefe me mandó llamar. Debía acompañarle a traer su auto que se había quedado varado al otro lado del estacionamiento. Cuando se paró frente a un auto cochambroso le pregunté por el otro que había estado manejando antes y me dijo que era un *demo* (auto de demostración que no se vendía y se usaba para pasear a los clientes) que le habían dado en el trabajo ¡El auto no era suyo!

Su auto era casi una reliquia, con suerte quizás del 92. ¿Por qué míster Golden no tenía un auto del año? *¿The Sky Is the Limit?* El carro necesitaba refrigerante y no sé qué más en el radiador, me dijo. Fuimos al estacionamiento. Era un auto blanco Station Wagon que necesitaba una buena pintada, neumáticos nuevos. No se veía nada bien y parecía que hasta el agua de lluvia le había sido esquiva. Míster Golden me pidió que me pusiera al volante para encenderlo. No sé qué hacía mi jefe detrás del capó levantado, pero me ordenó que pisara el acelerador y luego el embrague y que encendiera el auto. Yo encendía y aceleraba muy a prisa y el auto se apagaba. "*Shit*", dijo él. Nuevamente me pidió que lo prendiera, pero el motor maldito no obedecía. Insistí una y otra vez, y la porquería de chatarra seguía apagada. Cuando por fin prendió, el jefe me ordenó que presionara el acelerador y que lo soltara, y así rítmicamente, para no apagar el motor. Todo estaba bien hasta que solté demasiado el acelerador y el motor murió de nuevo. "*Fucking idiot*", escuché decir. ¿Qué me dijo?, pregunté incrédulo. "*Fucking idiot*", repitió. "Eso es lo que eres. No puedes ni mantener un auto prendido". Pensé en una respuesta respetuosa: "Míster Golden, usted no puede tratarme así", y él se carcajeó en mi cara. "Ven y echa este líquido aquí que yo encenderé el auto". "Usted no puede tratarme así", volví a decirle. Entonces vi la verdadera cara de míster Golden, sus ojos azules, un océano atlántico furioso, un tsunami traicionero e inimaginable. Me lanzó las llaves del auto al cuerpo y estas cayeron al suelo; me conminó a que las recogiera o en caso contrario me largara. Me quedé parado sin saber qué hacer. ¿Tenía derecho de hablarme así? ¿No dicen que era ilegal discriminar o tratar mal a los empleados? ¿No decían que hablar lisuras era una ofensa? El hombre cerró el capó y se fue como si yo no existiese. Me quedé unos minutos allí, prendí un cigarro que no llegué a terminar porque tiritaba. Debía hablar con él.

Cuando entré al centro de ventas lo vi bajar las escaleras. Intenté acercarme a hablarle. Delante de los demás vendedores tiró mi cuaderno y mis apuntes por el suelo y me ordenó que me fuera a casa. "Tengo turno hasta las ocho hoy", dije. Él se marchó. Todos los vendedores me miraban de reojo. Cuando yo les dirigía la mirada se volteaban como si no se hubiesen percatado de lo que pasaba. Intenté hablar con otro jefe de ventas. Cuando dije lo que había ocurrido me paró en seco. "Si deseas hablar con alguien, que sea con míster Wiles", dijo. Wiles era el Gerente General. Me señaló su oficina en el piso de arriba. Tras una ventana inmensa, míster Wiles sonreía desde su escritorio de vidrio. Subí las escaleras como si tuviese que hablar con un profesor a quien se le tiene que pedir una oportunidad para rendir otro examen.

Entré decidido. Mi jefe me había tratado mal, me había insultado y arrojado las llaves en el pecho. Todavía lo escuchaba: *"fucking idiot"*.

El Gerente General me recibió con una sonrisa. Me invitó a sentarme con una señal de mano como si dirigiera una ópera. Me escuchó un par de minutos con un rostro inmutable. Sentí que yo flotaba en la oficina como si mi alma hubiese decidido deshacerse de mí. Hubo un silencio y después: "No te preocupes, que yo voy a hablar con él", dijo. Sonreí ligeramente, apenas atiné a decir gracias. "Ahora sí puede retirarse, señor *Góumez*. Ah, me olvidaba decirle que hoy es su último día en la empresa. Hemos decidido prescindir de sus servicios. Se le pagará el día completo. Está usted despedido". ¿Qué había dicho míster Wiles? "¿Cómo? ¿Despedido? Pero si yo no he hecho nada. Al que deberían despedir es a míster Golden. No pueden hacerme esto. Voy a quejarme. Voy a reclamar, no es justo. Por lo menos dígame por qué".

Míster Wiles seguía impasible, hasta parecía tener una expresión de estar pasando una tarde espléndida y feliz. "Señor *Góumez*. La ley de Virginia nos faculta a rescindir, despedir, o cesar a cualquier empleado sin otorgar ninguna explicación. Aunque le parezca absurdo la ley del Estado es esa. Puede usted consultar con sus familiares o con su abogado, si lo prefiere. Le agradecemos por sus servicios hasta hoy. Le deseamos éxito y basado en la ley de Virginia nos acogemos a nuestro derecho de no explicarle los motivos. Créame que le deseo lo mejor y ahora si me permite, tengo una reunión en cinco minutos. Su cheque estará listo mañana". Abrió la puerta y me invitó a salir. Bajé las escaleras casi por inercia aferrándome al pasamanos, tenía miedo de caerme o de correr hacia el viejo Golden y partirle la cara, pese a que podía ir preso. Hice un esfuerzo por no tropezarme en las escaleras. Ni bien llegué a la puerta de salida vi el cielo opaco, empezaba a oscurecer. "Eres un buen trabajador, pero si te vas así realmente no podré recomendarte". Las palabras de míster Smith resonaron en mi cabeza. Al cruzar el umbral estaba como el primer día que llegué, perdido. Manejé como un autómata por la Ruta Uno, no sé cuánto rato conduje. Andaba tan distraído que ni me di cuenta de que había estacionado el auto cerca de mi anterior trabajo, la mueblería. Di unos pasos y a lo lejos, cerca al poste de luz, divisé a míster Smith arrojando dos bolsas de basura. Por debajo de la casaca, sobresalían la camisa y la corbata desanudada. ¿Qué demonios hacía yo allí? ¿Acaso inconscientemente pensaba que podría volver a la mueblería? Sí, quizás lo había pensado, pero supe que no tendría el desparpajo ni la desfachatez requerida para pedir trabajo de vuelta. Debía irme a casa. Eso sería lo mejor. Estaba absorto cavilando qué hacer cuando algo cayó en mi cara, algo frío que se deshizo. Caminé hacia mi auto con esa sensación en la piel. La primera nieve de mi vida, una manta albina que recordaría siempre. Antes de subir al auto extendí mis manos hacia el cielo para recibir la nieve, quise atraparla, pero no pude, la leve capa blanquecina era como un sueño formado por suaves copos que caprichosos y escurridizos se deshacían entre mis manos.